中国20世纪
名家散文经典

冰心◎著

林非◎主编

她散文的清丽，文字的典雅，思想的纯洁，在中国可算是独一无二的了。

陕西新华出版
太白文艺出版社·西安

图书在版编目（CIP）数据

冰心散文集 / 冰心著. -- 西安：太白文艺出版社，2016.3（2024.5重印）
（中国20世纪名家散文经典 / 林非主编）
ISBN 978-7-5513-0885-4

Ⅰ.①冰… Ⅱ.①冰… Ⅲ.①散文集－中国－现代 Ⅳ.①I266

中国版本图书馆CIP数据核字(2016)第004492号

冰心散文集
BING XIN SANWENJI

作　　者	冰　心
主　　编	林　非
责任编辑	王大伟　荆红娟　张　笛
整体设计	和兴文化
出版发行	太白文艺出版社
经　　销	新华书店
印　　刷	三河市嵩川印刷有限公司
开　　本	700mm×960mm　1/16
字　　数	166千字
印　　张	11
版　　次	2016年3月第1版
印　　次	2024年5月第2次印刷
书　　号	ISBN 978-7-5513-0885-4
定　　价	42.80元

版权所有　翻印必究
如有印装质量问题，可寄出版社印制部调换
联系电话：029-81206800
出版社地址：西安市曲江新区登高路1388号（邮编：710061）
营销中心电话：029-87277748　029-87217872

主　编　林　非
副主编　陈华昌
编　委　（以姓氏笔画为序）
　　　　王湜华　乔继堂
　　　　刘应争　张品兴
　　　　苏　冰　李晓丽
　　　　惠西平

中国20世纪名家散文经典

序　言

肖　凤

　　冰心先生已经九十五岁高龄了，她是"五四"新文学道路的开拓者之一，也是到目前为止硕果仅存的"五四"文学先辈。"五四"运动爆发那年，她只有十九岁，是协和女子大学理预科的学生，在时代氛围的感召之下，她拿起了笔，以"问题小说"登上了文坛。之后，她就一发而不可收，不仅写小说，还写散文，写诗，写散文诗。写作改变了她的人生道路，1921年她从理预科毕业后，改行入了文本科，进入燕京大学读书。从此，她就放弃了原来想当一名医生的理想，而彻底地、全心全意地转入了她所热爱，也最擅长的文学领域了。

　　冰心虽然从事着多种文体的写作，但是她最喜欢运用的体裁是散文。正如她自己在《关于散文》一文中所说明的："散文是我所最喜爱的文学样式。"的确，从二十年代初期直至现在，漫长的七十多年时间里，冰心先生写出了许多优美的散文篇章，都以它们特有的艺术魅力，引起了一代又一代的读者的共鸣，赢得了一代又一代的读者的热爱。

　　《寄小读者》是冰心散文最主要的代表作，流传久远，名震遐迩。笔者的父辈和笔者本人都在年龄很小的时候，就怀着浓厚的兴趣，拜读过它们。这是一组优美的，独具风格的散文。写于1923年至1926年间，这段时间是冰心在美国留学的日子，她从启程前夕一直写到学成归国。在这组散文的二十九篇通讯里，字里行间都充满着一个字，那就是：爱。冰心爱儿童，爱家园，爱亲人，爱母亲，爱父亲，爱三个弟弟，爱她的美国同学，爱大洋彼岸美丽的大自然。她把这种爱化作一种极为清丽，极为温婉的文笔，向小读者们娓娓道来，显示了冰心特有的那种善良、美好、多愁善感的文思。

　　母爱是冰心散文中的一个永久的话题。对于母爱的歌颂不仅表现在《寄小读者》这组散文里，另外也表现在《往事（一）》和《往事

(二)》这两组散文里。她在《寄小读者·通讯十》里,曾经这样地歌颂过母爱的神圣无边:"她的爱不但包围我,而且普遍的包围着一切爱我的人;而且因着爱我,她也爱了天下的儿女,她更爱了天下的母亲。小朋友,告诉你一句小孩子以为是极浅显,而大人们以为是极高深的话,'世界便是这样的建造起来的!'"她在《寄小读者·通讯十二》里,又曾经这样地发誓:"一心一念,永住永存,尽我在世的光阴,来讴歌颂扬这神圣无边的爱!"冰心笔下的慈母,不仅是温柔宽厚的,而且是开明通达、深明大义的,她有一颗无所不在的博大的爱心。因此,当冰心在散文《南归》里,写到她在母亲病重的时刻,从北京奔赴到上海父母的家中,尽最后的孝心,在悲痛欲绝的情景里,强颜欢笑,服侍安慰弥留之际的慈母时,读者看到此处,也会不由自主地,随着作者的描述而黯然神伤,流下热泪。

在歌颂母爱的同时,冰心也歌颂着父爱和手足之情。众所周知,冰心有一个幸福美满的家庭,所以,不论是在她早期写作的《寄小读者》《往事(一)》和《往事(二)》里,还是在她晚年写作的《我的三个弟弟》里,都在歌颂着母爱、父爱和姐弟之爱。她把庄严勇敢的慈父,比喻作清晨即出、雍容灿烂的太阳:"早晨勇敢的灿烂的太阳,自然是父亲了。他从对山的树梢,雍容尔雅的上来,他又温和又严肃的对我说:'又是一天了!'我就欢欢喜喜地坐起来,披衣从廊上走到屋里去。"(《寄小读者·通讯十三》)她把三个弟弟,比喻成三颗明亮的星星:"我凝望天空,有三颗最明亮的星星。""起先我有意在星辰的书上,寻求出他们的名字,时至今日,我不想寻求了,我已替他们起了名字,他们的总名是'兄弟星',他们各颗的名字,就是我的三个弟弟的名字。"(《寄小读者·通讯十三》)

除了对亲人们的热爱之外,冰心笔下的另一个永久的主题是歌颂美丽的大自然。冰心有一颗爱美的心,在冰心看来,只有大自然的美,才是美的极致。她说:"世界上最难忘的是自然之美。"(《寄小读者·通讯十》)因此,不论是大海,还是青山,不论是朝阳,还是晚霞,不论是星辰,还是皓月,不论是树木,还是花草,都得到了冰心的爱恋和歌颂。这种对于大自然的眷恋之情,不仅在她早期写作的《寄小读者》和《往事》诸篇里,得到了淋漓尽致的表现,以后在她中年写作的《默庐试笔》和《力构小窗随笔》里,也得到了酣畅淋漓的发挥。冰心

常常面对着大自然沉思凝想,在大自然的美景面前,冰心又常常把自己的思绪和感情折回到自己家人的身上。这种把亲情与美景合二为一的情绪,实在是冰心文思的特殊风格。

茅盾先生在《冰心论》一文中曾说:"在所有'五四'期的作家中,只有冰心女士最最属于她自己。""她把自己反映得再清楚也没有。在这一点上,我们觉得她的散文的价值比小说高。"的确如此,冰心的散文在艺术上取得了很高的成就。郁达夫先生在《〈中国新文学大系·散文二集〉导言》中曾说:"冰心女士散文的清丽,文字的典雅,思想的纯洁,在中国好算是独一无二的作家了。"阿英先生也曾在《现代中国女作家》一书中,把冰心的文学语言与艺术风格概括地称之为"冰心体"。正是冰心散文在艺术上的成就,奠定了她在中国现代散文史上的重要地位。这正如林非在《中国现代散文史稿》一书中所指出的:冰心先生的"文笔细腻委婉,清新隽丽"。"她善于提炼口语,却又吸收融化了中国古典文学和西方文学中的词汇,加以精心的锤炼,从而丰富了自己作品的表现能力。她写得铿锵流利,玲珑透剔,无论写景还是抒情,都显出自己独特的风格来。"这段话概括得十分确切。

对于后学者来说,冰心先生的散文永远是语言文字方面的范文,值得大家好好地研读和学习。

由于篇幅的限制,我们的《冰心卷》只选编了她老人家的散文作品中最具代表性的篇章,以飨读者。

一九九五年十月

中国 20 世纪名家散文经典

目 录

序言 1

笑 1
往事（一） 3
到青龙桥去 17
往事（二） 21
寄小读者 40
  《寄小读者》四版自序 40
  通讯一 41
  通讯二 42
  通讯三 43
  通讯四 45
  通讯五 46
  通讯六 47
  通讯七 48
  通讯八 50
  通讯九 51
  通讯十 57
  通讯十一 60
  通讯十二 64
  通讯十三 66
  通讯十四 70

中国20世纪名家散文经典

通讯十五　73
通讯十六　75
通讯十七　78
通讯十八　79
通讯十九　86
通讯二十　89
通讯二十一　91
通讯二十二　92
通讯二十三　94
通讯二十四　96
通讯二十五　98
通讯二十六　100
通讯二十七　102
山中杂记　104
通讯二十八　113
通讯二十九　114

南归　117
默庐试笔　136
力构小窗随笔　140
小桔灯　145
再到青龙桥去　147
关于散文　151
霞　153
说梦　154
我的三个弟弟　156
病榻呓语　162
小品二章　164
　　我梦中的小翠鸟　164
　　话说君子兰　165

笑

　　雨声渐渐的住了，窗帘后隐隐的透进清光来。推开窗户一看，呀！凉云散了，树叶上的残滴，映着月儿，好似萤光千点，闪闪烁烁的动着。——真没想到苦雨孤灯之后，会有这么一幅清美的图画！

　　凭窗站了一会儿，微微的觉得凉意侵人。转过身来。忽然眼花缭乱，屋子里的别的东西，都隐在光云里；一片幽辉，只浸着墙上画中的安琪儿。——这白衣的安琪儿，抱着花儿，扬着翅儿，向着我微微的笑。

　　"这笑容仿佛在哪儿看见过似的，什么时候，我曾……"我不知不觉的便坐在窗口下想——默默的想。

　　严闭的心幕，慢慢的拉开了，涌出五年前的一个印象。——一条很长的古道。驴脚下的泥，兀自滑滑的。田沟里的水，潺潺的流着。近村的绿树，都笼在湿烟里，弓儿似的新月，挂在树梢。一边走着，似乎道旁有一个孩子，抱着一堆灿白的东西。驴儿过去了，无意中回头一看。——他抱着花儿，赤着脚儿，向着我微微的笑。

　　"这笑容又仿佛是哪儿看见过似的！"我仍是想——默默的想。

　　又现出一重心幕来，也慢慢的拉开了，涌出十年前的一个印象。——茅檐下的雨水，一滴一滴的落到衣上来。土阶边的水泡儿，泛来泛去的乱转。门前的麦垄和葡萄架子，都濯得

新黄嫩绿的非常鲜丽。——一会儿好容易雨晴了,连忙走下坡儿去。迎头看见月儿从海面上来了,猛然记得有件东西忘下了,站住了,回过头来。这茅屋里的老妇人——她倚着门儿,抱着花儿,向着我微微的笑。

这同样微妙的神情,好似游丝一般。飘飘漾漾的合了拢来,缩在一起。

这时心下光明澄清,如登仙界,如归故乡。眼前浮现的三个笑容,一时融化在爱的调和里看不分明了。

中国20世纪名家散文经典

往事(一)

——生命历史中的几页图画

在别人只是模糊记着的事情，
　然而在心灵脆弱者，
　已经反复而深深地
　　镂刻在回忆的心版上了！

索性凭着深刻的印象，
　将这些往事
　移在白纸上罢——
　再回忆时
　不向心版上搜索了！

一

将我短小的生命的树，一节一节的斩断了，圆片般堆在童年的草地上。我要一片一片的拾起来看；含泪的看，微笑的看，口里吹着短歌的看。

难为他装点得一节一节，这般丰满而清丽！

我有一个朋友，常常说："来生来生！"——但我却如此说："假如生命是乏味的，我怕有来生。假如生命是有趣的，今生已是满足的了！"

第一个厚的圆片是大海；海的西边，山的东边，我的生命

树在那里萌芽生长,吸收着山风海涛。每一根小草,每一粒沙砾,都是我最初的恋慕,最初拥护我的安琪儿。

这圆片里重叠着无数快乐的图画,憨嬉的图画,寂寞的图画,和泛泛无着的图画。

放下罢,不堪回忆!

第二个厚的圆片是绿阴;这一片里许多生命表现的幽花,都是这绿阴烘托出来的。有浓红的,有淡白的,有不可名色的……

晚晴的绿阴,朝雾的绿阴,繁星下指点着的绿阴,月夜花棚秋千架下的绿阴!

感谢这曲曲屏山!它圈住了我许多思想。

第三个厚的圆片,不是大海,不是绿阴,是什么?我不知道!

假如生命是无味的,我不要来生。假如生命是有趣的,今生已是满足的了。

二

黑暗不是阴霾,我恨阴霾,我却爱黑暗。

在光明中,一切都显着了。黑是黑白是白的,也有了树,也有了花,也有了红墙,也有了蓝瓦;便一切崭然,便有人,有我,有世界。

颂美黑暗!讴歌黑暗!只有黑暗能将这一切都消灭调和于虚空混沌之中;没有了人,没有了我,更没有了世界!

黑暗的园里,和华同坐。看不见她,也更看不见我,我们只深深的谈着。说到同心处,竟不知是我说的,还是她说的,入耳都是天乐一般——只在一阵风过,槐花坠落如雨的时候,我因着衣上的感觉,和感觉的界限,才觉得"我"不是"她",才觉得黑暗中仍有"我"的存在。

华在黑暗中递过一朵茉莉,说:"你戴上罢,随着花香,你纵然起立徘徊,我也知道你在何处。"——我无言的接了过来。

华妹呵,你终究是个小孩子。槐花,茉莉,都是黑暗中最着迹的东西,在无人我的世界里,要拒绝这个!

三

"只是等着,等着,母亲还不回来呵!"

乳母在灯下睁着疲倦下垂的眼睛,说:"莹哥儿!不要尽着问我,你自己

上楼去,在阑边望一望,山门内露出两盏红灯时,母亲便快来到了。"

我无疑地开了门出去,黑暗中上了楼——望着,望着,无有消息。

绕过那边阑旁,正对着深黑的大海,和闪烁的灯塔。

幼稚的心,也和成人一般,一时的光明朗澈——我深思,我数着灯光明灭的数儿,数到第十八次。我对着未曾想见的命运,自己假定的起了怀疑。

"人生!灯一般的明灭,漂浮在大海之中。"——我起了无知的长太息。

生命之灯燃着了,爱的光从山门边两盏红灯中燃着了!

四

在堂里忘了有雪,并不知有月。

匆匆的走出来,捻灭了灯,原来月光如水!

只深深的雪,微微的月呵!地下很清楚的现出扫除了的小径。我一步一步的走,走到墙边,还觉得脚下踏着雪中沙沙的枯叶。墙的黑影覆住我,我在影中抬头望月。

雪中的故宫,云中的月,甍瓦上的兽头——我回家去,在车上,我觉得这些熟见的东西,是第一次这样明澈生动的入到我的眼中,心中。

五

场厅里四隅都黑暗了,只整齐的椅子,一行行的在阴沉沉的影儿里平列着。

我坐在尽头上近门的那一边,抚着锦衣,抚着绣带和缨冠凝想——心情复杂得很。

晚霞在窗外的天边,一刹浓红,一刹深紫,回光到屋顶上——

台上琴声作了。一圈的灯影里,从台侧的小门,走出十几个白衣彩饰,散着头发的安琪儿,慢慢的相随进来,无声地在台上练习着第一场里的跳舞。

我凝然的看着,潇洒极了,温柔极了,上下的轻纱的衣袖,和着纵铮的琴声,合拍的和着我心弦跳动,怎样的感人呵!

灯灭了,她们又都下去了,台上台下只我一人了。

原是叫我出来疏散休息着的,我却哪里能休息?我想……一会儿这场里便充满了灯彩,充满了人声和笑语,怎知道剧前只为我一人的思考室呢?

在宇宙之始,也只有一个造物者,万有都整齐平列着。他凭在高阑,看

那些光明使者,歌颂——跳舞。

到了宇宙之中,人类都来了,悲剧也好,喜剧也好,伴悲诡笑的演了几场。剧完了,人散了,灯灭了,……一时沉黑,只有无穷无尽的寂寞!

一会儿要到台上,要说许多的话;憨稚的话,激昂的话,恋别的话……何尝是我要说的?但我既这样的上了台,就必须这样的说。我千辛万苦,冒进了阴惨的夜宫,经过了光明的天国,结果在剧中还是作了一场大梦。

印证到真的——比较的真的——生命道上,或者只是时间上久暂的分别罢了;但在无限之生里,真的生命的几十年,又何异于台上之一瞬?

我思路沉沉,我觉悟而又惆怅,场里更黑了。

台侧的门开了,射出一道灯光来——我也须下去了,上帝!这也是"为一大事出世"!

我走着台上几小时的生命的道路……

又乏倦的倚着台后的琴站着——幕外的人声,渐渐的远了,人们都来过了;悲剧也罢,喜剧也罢,我的事完了;从宇宙之始,到宇宙之终,也是如此,生命的道路走尽了!

看她们洗去铅华,卸去妆饰,无声的忙乱着。

满地的衣裳狼藉,金戈和珠冠杂置着。台上的仇敌,现在也拉着手说话;台上的亲爱的人,却东一个西一个的各忙自己的事。

我只看着——终竟是弱者呵!我爱这几小时如梦的生命!我抚着头发,抚着锦衣,……"生命只这般的虚幻么?"

六

涵在廊上吹箫,我也走了出去。

天上只微微的月光,我撩起垂拂的白纱帐子来,坐在廊上的床边。

我的手触了一件蠕动的东西,细看时是一条很长的蜈蚣。我连忙用手绢拂到地上去,又唤涵踩死它。

涵放了箫,只默然的看着。

我又说:"你还不踩死它!"

他抬起头来,严重而温和的目光,使我退缩。他慢慢的说:"姊姊,这也是一个生命呵!"

霎时间,使我有无穷的惭愧和悲感。

中国20世纪名家散文经典

七

父亲的朋友送给我们两缸莲花，一缸是红的，一缸是白的，都摆在院子里。

八年之久，我没有在院子里看莲花了——但故乡的园院里，却有许多；不但有并蒂的，还有三蒂的，四蒂的，都是红莲。

九年前的一个月夜，祖父和我在园里乘凉。祖父笑着和我说："我们园里最初开三蒂莲的时候，正好我们大家庭中添了你们三个姊妹。大家都欢喜，说是应了花瑞。"

半夜里听见繁杂的雨声，早起是浓阴的天，我觉得有些烦闷。从窗内往外看时，那一朵白莲已经谢了，白瓣儿小船般散漂在水面。梗上只留个小小的莲蓬，和几根淡黄色的花须，那一朵红莲，昨夜还是菡萏的，今晨却开满了，亭亭地在绿叶中间立着。

仍是不适意！——徘徊了一会子，窗外雷声作了，大雨接着就来，愈下愈大。那朵红莲，被那繁密的雨点，打得左右欹斜。在无遮蔽的天空之下，我不敢下阶去，也无法可想。

对屋里母亲唤着，我连忙走过去，坐在母亲旁边——一回头忽然看见红莲旁边的一个大荷叶，慢慢的倾侧了来，正覆盖在红莲上面……我不宁的心绪散尽了！

雨势并不减退，红莲却不摇动了。雨点不住的打着，只能在那勇敢慈怜的荷叶上面，聚了些流转无力的水珠。

我心中深深的受了感动——

母亲呵！你是荷叶，我是红莲。心中的雨点来了，除了你，谁是我在无遮拦天空下的荫蔽？

一九二二年七月二十一日

八

原是儿时的海，但再来时却又不同。

倾斜的土道，缓缓的走了下去——下了几天的大雨，溪水已涨抵桥板下了。再下去，沙上软得很，拣块石头坐下，伸手轻轻的拍着海水……儿时的朋友呵,又和你相见了!

一切都无改:灯塔还是远立着,海波还是粘天的进退着,坡上的花生园子,还是有人在耕种着。——只是我改了,膝上放着书,手里拿着笔,对着从前绝不起问题的四围的环境思索了。

居然低头写了几个字,又停止了,看了看海,坐得太近了,凝神的时候,似乎海波要将我漂起来。

年光真是一件奇怪的东西! 一次来心境已变了,再往后时如何? 也许是海借此要拒绝我这失了童心的人,不让我再来了。

天色不早了。采了些野花,也有黄的,也有紫的,夹在书里。无聊的走上坡去——华和杰他们却从远远的沙滩上,拾了许多美丽的贝壳和卵石,都收在篮里,我只站在桥边等着……

他们原和我当日一般,再来时,他们也有像我今日的感想么?

九

只在夜半忽然醒了的时候,半意识的状态之中,那种心情,我相信是和初生的婴儿一样的。——每一种东西,每一件事情,都渐渐的,清澈的,侵入光明的意识界里。

一个冬夜,只觉得心灵从渺冥黑暗中渐渐的清醒了来。

雪白的墙上,哪来些粉霞的颜色,那光辉还不住的跳动——是月夜么? 比它清明。是朝阳么? 比它稳定。欠身看时,却是薄帘外熊熊的炉火。是谁临睡时将它添得这样旺!

这时忽然了解是一夜的正中。我另到一个世界里去了,澄澈清明,不可描画;白日的事,一些儿也想不起来了,我只静静的……

回过头来,床边小几上的那盆牡丹,在微光中晕红着脸,好像浅笑着对我说:"睡人呵! 我守着你多时了。"水仙却在光影外,自领略她凌波微步的仙趣,又好像和倚在她旁边的梅花对语。

看守我的安琪儿呵! 在我无知的浓睡之中,都将你们辜负了!

火光仍是漾着,我仍是静着——我意识的界限,却不只牡丹,不止梅花,渐渐的扩大起来了。但那时神清若水,一切的事,都像剔透玲珑的石子般,浸在水里,历历可数。

一会儿渐渐的又沉到无意识界中去了——我感谢睡神,他用梦的帘儿,将光雾般的一夜,和尘嚣的白日分开了,使我能完全的留一个清绝的记忆!

中国 20 世纪名家散文经典

一〇

晚餐的时候。灯光之下,母亲看着我半天,忽然想起笑着说:"从前在海边住的时候,我闷极了,午后睡了一觉,醒来遍处找不见你。"

我知道母亲要说什么——我只不言语,我忆起我五岁时的事情了。

弟弟们都问:"往后呢?"

母亲笑着看着我说:"找到大门前,她正呆呆的自己坐在石阶上,对着大海呢!我睡了三点钟,她也坐了三点钟了。可怜的寂寞的小人儿呵!你们看她小时已经是这样的沉默了——我连忙上前去,珍重地将她揽在怀里……"

母亲眼里满了欢喜慈怜的珠泪。

父亲也微笑了。——弟弟们更是笑着看我。

母亲的爱,和寂寞的悲哀,以及海的深远:都在我的心中,又起了一回不可言说的惆怅!

一一

忘记了是哪一个春天的早晨——

手里拿着几朵玫瑰,站在廊上——马莲遍地的开着,玫瑰更是繁星般在绿叶中颤动。

她们两个在院子里缓步,微微的互视的谈着。

这一切都与我无关涉——朝阳照着她们,和风吹着她们;她们的友情在朝阳下酝酿,她们的衣裙在和风中整齐地飘扬。

春浸透了这一切——浸透了花儿和青草……

上帝呵!独立的人不知道自己也浸在春光中。

一二

闷极,是出游都可散怀。——便和她们出游了半日。

回来了——一路只泛泛的。

震荡的车里,我只向后攀着小圆窗看着。弯曲的道儿,跟着车走来,愈引愈长。树木、村舍,和田垄,都向后退曳了去,只有西山峰上的晚霞不动。

车里,她们捉对儿谈话,我也和晚霞谈话。——"晚霞!我不配和你谈心,但你总可容我瞻仰。"

车进到城门里,我偶然想起那园来,她们都说去走一走,我本无聊,只微笑随着她们,车又退出去了。

悄悄地进入园里,天色渐暗了——忆起去年此时,正是出园的时候,那时心绪又如何?

幽凉里,走过小桥,走过层阶,她们又四散了。我一路低首行来,猛抬头见了烈冢。碑下独坐,四望青青,晚霞更红了!

正在神思飞越,忠从后面来了。我们下了台去,在仄径中走着。我说:"我愿意在此过这悠长的夏日,避避尘嚣。"她说:"佳时难再,此游也是纪念。"我无言点首。

鸟儿都休息了,不住的啁啾着——暮色里,匆匆的又走了出来。车进了城了,我仍是向后望着。凉风吹着衣袖和头发——庄严苍古的城楼,浮在晚霞上,竟留了个最浓郁的回忆!

一九二二年七月七日

一三

小别之后,星来访我——坐在窗下写些字,看些画,晚凉时才出去。

只谈着谈着,篱外的夕阳渐渐的淡了,墙影渐渐的长了,晚霞退了,繁星生了;我们便渐渐浸到黑暗里,只能看见近旁花台里的小白花,在苍茫中闪烁——摇动。

她谈到沿途的经历和感想,便说:"月下宜有清话。群居杂谈,实在无味。"

我说:"夜坐谈话,到底比白日有趣,但各种的夜又不同了。月夜宜清谈,星夜宜深谈,雨夜宜絮谈,风夜宜壮谈……固然也须人地两宜,但似乎都有自然的趋势……"

那夜树影深深,四顾悄然,却是个星夜!

我们的谈话,并不深到许多,但已觉得和往日的微有不同。

一四

每次拿起笔来,头一件事忆起的就是海。我嫌太单调了,常常因此搁笔。

每次和朋友们谈话,谈到风景,海波又侵进谈话的岸线里,我嫌太单调了,常常因此默然,终于无语。

一次和弟弟们在院子里乘凉,仰望天河,又谈到海。我想索性今夜彻底的谈一谈海,看词锋到何时为止,联想至何处为极。

我们说着海潮,海风,海舟……最后便谈到海的女神。

涵说:"假如有位海的女神,她一定是'艳如桃李,冷若冰霜'的。"我不觉笑问:"这话怎讲?"

涵也笑道:"你看云霞的海上,何等明媚;风雨的海上,又是何等的阴沉!"

杰两手抱膝凝听着,这时便运用他最丰富的想象力,指点着说:"她……她住在灯塔的岛上,海霞是她的扇旗,海鸟是她的侍从;夜里她曳着白衣蓝裳,头上插着新月的梳子,胸前挂着明星的璎珞;翩翩地飞行于海波之上……"

楫忙问:"大风的时候呢?"杰道:"她驾着风车,狂飙疾转的在怒涛上驱走;她的长袖拂没了许多帆舟。下雨的时候,便是她忧愁了,落泪了,大海上一切都低头静默着。黄昏的时候,霞光灿然,便是她回波电笑,云发飘扬,丰神轻柔而潇洒……"

这一番话,带着画意,又是诗情,使我神往,使我微笑。

楫只在小椅子上,挨着我坐着,我抚着他,问:"你的话必是更好了,说出来让我们听听!"他本静静地听着,至此便抱着我的臂儿,笑道:"海太大了,我太小了,我不会说。"

我肃然——涵用折扇轻轻的击他的手,笑说:"好一个小哲学家!"

涵道:"姊姊,该你说一说了。"我道:"好的都让你们说尽了——我只希望我们都像海!"

杰笑道:"我们不配作女神,也不要'艳如桃李,冷若冰霜'的。"

他们都笑了——我也笑说:"不是说作女神,我希望我们都作个'海化'的青年。像涵说的,海是温柔而沉静。杰说的,海是超绝而威严。楫说的更好了,海是神秘而有容,也是虚怀,也是广博……"

我的话太乏味了,楫的头渐渐的从我臂上垂下去,我扶住了,回身轻轻地将他放在竹榻上。

涵忽然说:"也许是我看的书太少了,中国的诗里,咏海的真是不多;可惜这么一个古国,上下数千年,竟没有一个'海化'的诗人!"

从诗人上,他们的谈锋便转移到别处去了——我只默默的守着楫坐着,刚才的那些话,只在我心中,反复地寻味——思想。

一五

　　黄昏时下雨,睡得极早,破晓听见钟声续续的敲着。

　　这钟声不知是哪个寺里的,起的稍早,便能听见——尤其是冬日——但我从来未曾数过,到底敲了多少下。

　　徐徐的披衣整发,还是四无人声,只闻啼鸟。开门出去,立在阑外,润湿的晓风吹来,觉得春寒还重。

　　地下都潮润了,花草更是清新,在濛濛的晓烟里笼盖着,秋千的索子,也被朝露压得沉沉下垂。

　　忽然理会得枝头渐绿,墙内外的桃花,一番雨过,都零落了——忆起断句"落尽桃花澹天地",临风独立,不觉悠然!

一六

　　一年三百六十五天,有许多可纪的事;一年三百六十五夜,更有许多可纪的梦。

　　在梦中常常是神志湛然,飞行绝迹,可以解却许多白日的尘机烦虑。更有许多不可能的,意外的邀游,可以突兀实现。

　　一个春夜:梦见忽然在一个长廊上徐步,一带的花竹阑干,阑外是水。廊上近水的那一边,不到五步,便放着一张小桌子,用花边的白布罩着,中间一瓶白丁香花,杂着玫瑰,旁边还错落的摆着杯盘。望到廊的尽处,几百张小桌子,都是一样的。好像是有什么大集会,候客未来的光景。

　　我不敢久驻,轻轻的走过去。廊边一扇绿门,徐徐推开,又换了一番景致,长廊上的事,一概忘了。

　　门内是一间书室,尽是藤榻竹椅,地上铺着花席。一个女子,近窗写着字,我仿佛认得是在夏令会里相遇的谁家姊妹之一。

　　我们都没有说什么,我也未曾向她谢擅入的罪,似乎我们又是约下的。这时门外走进她的妹妹来,笑着便带我出去。

　　走过很长的甬道,两旁柱上挂着许多风景片,也都用竹框嵌着,道旁遮满了马缨花。

　　出了一个圆门——便是梦中意识的焦点,使我醒后能带挈着以上的景致,都深忆不忘的——到了门外,只见一望无边蔚蓝欲化的水。

　　这一片水:不是湖也不是海,比湖蔚蓝,比海平静,光艳得不可描

画。……不可描画！生平醒时和梦中所见的水，要以此为第一了！

一道柳堤将这水界开了，绿意直伸到水中去。堤上缓步行来。梦中只觉飘然，悠然，而又抚然！

走尽了长堤，到了青翠的小山边，一处层阶之下，听得堂上有人讲书。她家的姊姊忽然又在旁边，问我："你上去不？"我谢她说："不去罢，还是到水边好。"

一转身又只剩我自己了，这回却沿着水岸走。风吹着柳叶。附满了绿苔的石头，错杂的在细流里立着。水光浸透了我沉醉的灵魂……

帘子一声响，梦惊碎了！水光在我眼前漾了几漾，便一时散开了，荡化了！

张递过一封信，匆匆的便又出去。

我要留梦，梦已去无痕迹……

朦胧里拿起信来一看，却是琳在西湖寄我的一张明片。

晚上我便寄她几行字：

  姊姊！
  清福便独享了罢，
   何须寄我些春泛的新诗？
  心灵里已是烦忙，
  又添了未曾相识的湖山，
   频来入梦！

——《春水》一五七

一七

我坐在院里，仪从门外进来，悄悄地和我说："你睡了以后，叔叔骑马去了，是那匹好的白马……"我连忙问："在哪里？"他说，"在山下呢，你去了，可不许说是我告诉的。"我站起来便走。仪自己笑着，走到书室里去了。

出门便听见涛声，新雨初过，天上还是轻阴。曲折平坦的大道，直斜到山下，既跑了就不能停足，只身不由己的往下走。转过高岗，已望见父亲在平野上往来驰骋。这时听得乳娘在后面追着，唤："慢慢的走！看道滑掉在谷里！"我不能回头，索性不理她。我只不住的唤着父亲，乳娘又不住的唤着我。

父亲已听见了，回身立马不动。到了平地上，看见董自己远远的立在树下。我笑着走到父亲马前，父亲凝视着我，用鞭子微微的击我的头，说："睡好好的，又出来作什么！"我不答，只举着两手笑说："我也上去！"

父亲只得下来，马不住的在场上打转，父亲用力牵住了，扶我骑上。董便过来挽着辔头，缓缓地走了。抬头一看，乳娘本站在岗上望着我，这时才转身下去。

我和董说："你放手，让我自己跑几周！"董笑说："这马野得很，姑娘管不住，我快些走就得了。"

渐渐的走快了，只听得耳旁海风，只觉得心中虚凉，只不住的笑，笑里带着欢喜与恐怖。

父亲在旁边说："好了，再走要头晕了！"说着便走过来。我撩开脸上的短发，双手扶着鞍子，笑对父亲说："我再学骑十年的马，就可以从军去了，像父亲一般，作勇敢的军人！"父亲微笑不答。

马上看了海面的黄昏——

董在前牵着，父亲在旁扶着。晚风里上了山，直到门前。母亲和仪，还有许多人，都到马前来接我。

一八

我最怕夏天白日睡眠，醒时使人惆怅而烦闷。

无聊的洗了手脸，天色已黄昏了，到门外园院小立，抬头望见了一天金黄色的云彩。——世间只有云霞最难用文字描写，心里融会得到，笔下却写不出。因为文字原是最着迹的，云霞却是最灵幻的，最不着迹的，徒唤奈何！

回身进到院里，隔窗唤涵递出一本书来，又到门外去读。云彩又变了，半圆的月，渐渐的没入云里去了。低头看了一会子的书。听得笑声，从圆形的缘满豆叶的棚下望过去，杰和文正并坐在秋千上，往返的荡摇着，好像一幅活动的影片，——光也从圆片上出现了，在后面替他们推送着。光夏天瘦了许多，但短发拂额，仍掩不了她的憨态。

我想随处可写，随时可写，时间和空间里开满了空灵清艳的花，以供慧心人的采撷，可惜慧心人写不出！

天色更暗了，书上的字已经看不见。云色又变了，从金黄色到了暗灰色。轻风吹着纱衫，已是太凉了，月儿又不知哪里去了。

一九二二年七月五日

中国20世纪名家散文经典

一九

后楼上伴芳弹琴。忽然大雷雨——

那些日子正是初离母亲过宿舍生活的时期。一连几天，都是好天气，同学们一起读书说笑，不觉把家淡忘了。——但这时我心里突然的郁闷焦躁。

我站在琴旁，低头抚着琴上的花纹说："我们到前楼去罢！"芳住了琴劝我说："等止了雨再走，你看这么大的雨，如何走得下去；你先在一旁坐着，听我弹琴，好不好？"我无聊只得坐下。

雷声只管隆隆，雨声只管澎湃。天容如墨，窗内黑暗极了。我替芳开了琴旁的电灯，她依旧弹着琴，只抬头向我微微的笑了一笑。

她不注意我，我也不注意她——我想这时母亲在家里，也不知道作些什么？也许叫人卷起苇帘，挪开花盆，小弟弟们都在廊上拍手看雨……

想着，目注着芳的琴谱，忽然觉得纸上渐渐的亮起来。回头一看，雨已止了，夕阳又出来了，浮云都散了，奔走得很快。树上更绿了，蝉儿又带着湿声乱叫着。

我十分欢喜，过去唤芳说："雨住了，我们下去罢！"芳看一看壁上的钟，说："只剩一刻钟了，再容我弹两遍。"我不依，说："你不去，我自己去。"说着回头便走。她只得关上琴盖，将琴谱收在小柜子里，一面笑着："你这孩子真磨人！"

球场边雨水成湖，我们挨着墙边，走来走去。藤萝上的残滴，还不时的落下来，我们并肩站在水边，照见我们在天上云中的影子。

只走来走去的谈着，郁闷已没有了。那晚我竟没有上夜堂去，只坐在秋千板上，芳攀着秋千索子，站在我旁边，两人直谈到夜深。

二〇

精神上的朋友宛因，和我的通讯里，曾一度提到死后，她说："我只要一个白石的坟墓，四面矮矮的石阑，墓上一个十字架，再有一个仰天沉思的石像。……这墓要在山间幽静处，丛树荫中，有溪水徐流，你一日在世，有什么新开的花朵，替我放上一两束，其余的人，就不必到那里去。"

我看完这一段，立时觉得眼前涌现了一幅清幽的图画。但是我想来想去……宛因呵，你还未免太"人间化"了！

何如脚儿赤着，发儿松松的挽着，躯壳用缟白的轻绡裹着，放在一个空

明莹澈的水晶棺里,用纱灯和细乐,一叶扁舟,月白风清之夜,将这棺儿送到海上,在一片挽歌声中,轻轻的系下,葬在海波深处。

想象吊者白衣如雪,几只大舟,首尾相接,耀以红灯,绕以清乐,一簇的停在波心。何等凄清,何等苍凉,又是何等豪迈!

以万顷沧波作墓田,又岂是人迹可到?即使专诚要来瞻礼,也只能下俯清波,遥遥凭吊。

更何必以人间暂时的花朵,来娱悦海中永久的灵魂!看天上的乱星孤月,水面的晚烟朝霞,听海风夜奔,海波夜啸。比新开的花,徐流的水,其壮美的程度相去又如何?

从此穆然,超然,在神灵上下,鱼龙竞逐,珊瑚玉树交枝回绕的渊底,垂目长眠:那真是数千万年来人类所未享过的奇福!

至此搁笔,神志洒然,忽然忆起少作走韵的"集龚"中有:"少年哀乐过于人,消息都妨父老惊,一事避君君匿笑,欲求缥缈反幽深。"——不觉一笑!

一九二二年七月三十一日

中国20世纪名家散文经典

到青龙桥去

如火如荼的国庆日,却远远的避开北京城,到青龙桥去。

车慢慢的开动了,只是无际的苍黄色的平野,和连接不断的天末的远山。——愈往北走,山愈深了。壁立的岩石,屏风般从车前飞过。不时有很浅的浓绿色的山泉,在岩下流着。山半柿树的叶子,经了秋风,已经零落了,只剩有几个青色半熟的柿子挂在上面。山上的枯草,迎着晨风,一片的和山偃动,如同一领极大的毛毡一般。

"原也是很伟秀的,然而江南……"我无聊的倚着空冷的铁炉站着。

她们都聚在窗口谈笑,我眼光穿过她们的肩上,凝望着那边角里坐着的几个军人。

"军人!"也许潜藏在我的天性中罢,我在人群中常常不自觉的注意军人。

世人呵!饶恕我!我的阅历太浅薄了,真是太浅薄了!我的阅历这样的告诉我,我也只能这样忠诚而勇敢的告诉世人,说:"我有生以来,未曾看见过像我在书报上所看的,那种兽性的,沉沦的,罪恶的军人!"

也许阅历欺哄我,但弱小的我,却不敢欺哄世人!

一个朋友和我说,——那时我们正在院里,远远的看我们军人的同学盘杠子——"我每逢看见灰黄色的衣服的人,我就起一种憎嫌和恐怖的颤栗。"我看着她郑重的说:"我从来不这

样想,我看见他们,永远起一种庄肃的思想!"她笑道:"你未曾经过兵祸罢!"我说:"你呢?"她道:"我也没有,不过我常常从书报上,看见关于恶虐的兵士们的故事……"

我深深的悲哀了!在我心中,数年来潜在的隐伏着不能言说的怜悯和抑屈!文学家呵!怎么呈现在你们笔底的佩刀荷枪的人,竟尽是这样的疯狂而残忍?平民的血泪流出来了,军人的血泪,却洒向何处?

笔尖下抹杀了所有的军人,将混沌的,一团黑暗暴虐的群众,铭刻在人们心里。从此严肃的军衣,成了赤血的标帜;忠诚的兵士,成了撒旦的随从。可怜的军人,从此在人们心天中,没有光明之日了!

虽然阅历决然毅然的这般告诉我,我也不敢不信,一般文学家所写的是真确的。军人的群众也和别的群众一般,有好人也更有坏人。然而造成人们对于全体的灰色黄色衣服的人,那样无缘故无条件,概括的厌恶,文学家,无论如何,你们不得辞其咎!

也讲一讲人道罢!将这些勇健的血性的青年,从教育的田地上夺出来,关闭在黑暗恶虐的势力范围里,叫他们不住的吸收冷酷残忍的习惯,消灭他友爱怜悯的本能。有事的时候,驱他们到残杀同类的死地上去;无事的时候,叫他穿着破烂的军衣,吃的是黑面,喝的是冷水,三更半夜的起来守更走队,在悲笳声中度生活。家里的信来了:"我们要吃饭!"回信说:"没有钱,我们欠饷七个月了!"——可怜的中华民国的青年男子呵!山穷水尽的途上,哪里是你们的歧路?……

我的思潮,那时无限制的升起。无数的观念奔凑,然而时间只不过一瞬。

车门开了,走进三个穿军服的人。第一个,头上是粉红色的帽箍,穿着深黄色的呢外套,身材很高,后面两个略矮一些,只穿着平常的黄色军服,鱼贯的从人丛中,经过我们面前,便一直走向那几个兵丁坐的地方去。

她们略不注意的仍旧看着窗外,或相对谈笑。我却静默的,眼光凝滞的随着他们。

那边一个兵丁站起来了。两块红色的领章,围住瘦长的脖子,显得他的脸更黑了。脸上微微的有点麻子,中人身材,他站起来,只到那稽查的肩际。

粉红色帽箍的那个稽查,这时正侧面对着我们。我看得真切:圆圆的脸,短短的眉毛,肩膊很宽,细细的一条皮带,束在腰上,两手背握着。白绒的手套已经微污了,臂上缠的一块白布,也成了灰色的了,上面写着"察哈尔总站,军警稽查……"以下的字,背着我们看不见了。

他沉声静气的问:"你是哪里的,要往哪里去?"那个兵丁笔直的站着,听

问便连忙解开外面军衣的纽扣,从里衣袋里,掏出一张名片和护照来,无言的递上。——也许曾说了几句话,但声音很低,我听不见。稽查凝视着他,说:"好,但是我们公事公办,就是大总统的片子,也当不了车票呵!而且这护照也只能坐慢车。弟兄!到站等着去罢,只差一点钟工夫!"

军人们!饶恕我那时不道德的揣想。我想那兵丁一定大怒了!我恐怕有个很大的争闹,不觉的退后了,更靠近窗户,好像要躲开流血的事情似的。

稽查将片子放在自己的袋里——那个兵丁低头的站着,微麻的脸上,充满了彷徨,无主,可怜。侧面只看见他很长的睫毛,不住的上下瞬动。

火车仍旧风驰电掣的走着。他至终无言的坐下,呆呆的望着窗外。背后看去,只有那戴着军帽,剪得很短头发的头,和我们在同一的速率中,左右微微动摇。

我深深吸了一口气,放下心来,却立时起了一种极异样的感觉!

到了站了!他无力的站起,提着包儿,往外就走。对面来了一个女人,他侧身恭敬的让过。经过稽查面前,点点头就下车去了。

稽查正和另一个兵丁问答。这个兵丁较老一点,很瘦的脸,眉目间处处显出困倦无力。这时却也很直的站着,声音很颤动,说:"我是在……陈副官公馆里,他差我到……去。"一面也郑重的呈上一张片子。稽查的脸仍旧紧张着,除了眼光上下之外,不见有丝毫情感的表现,他仍旧凝重的说:"我知道现在军事是很忙的,我不是不替弟兄们留一线之路。但是一张片子,公事上说不过去。陈副官既是军事机关上的人,他更不能不知道火车上的规矩——你也下去罢!"

老兵丁无言的也下车去了。

稽查转过身来,那边两个很年轻的兵丁,连忙站起,先说:"我们到西苑去。"稽查看了护照,笑了笑说:"好,你们也坐慢车罢!看你们的服章,军界里可有你们这样不整齐的?国家的体面,哪里去了?车上这许多外国人,你们也不怕他们笑话!"随在稽查后面的两个军人,微笑的上前,将他们带着线头,拖在肩上的两块领章扶起。那两个少年兵丁,惭愧的低头无语。

稽查开了门,带着两个助手,到前面车上去了。

车门很响的关了,我如梦方醒,周身起了一种细微的颤栗。——不是憎嫌,不是恐怖,定神回想,呀!竟是最深的惭愧与赞美!

一共是七个人:这般凝重,这般温柔,这样的服从无抵抗!我不信这些情景,只呈露在我的前面……

登上万里长城了!乱山中的城头上,暗淡飘忽的日光下,迎风独立。四围充满了寂寞与荒凉。除了浅黄色一串的骆驼,从深黄色的山脚下,徐徐走

过之外,一切都是单调的!看她们头上白色的丝巾,三三两两的,在城上更远更高处拂拂吹动。我自己留在城半。在我理想中易起感慨的,数千年前伟大建筑物的长城上,呆呆的站着,竟一毫感慨都没有起!

只那几个军人严肃而温柔的神情,平和而庄重的言语,和他们所不自知的,在人们心中无明不白的厌恶:这些事,都重重的压在我弱小的灵魂上——受着天风,我竟不知道世界上还有个我没有!

一九二二年十月十二日夜

中国20世纪名家散文经典

往事(二)

　　她是翩翩的乳燕,
　　　横海漂游,
　　月明风紧,
　　　不敢停留——
　　在她频频回顾的
　　　　　飞翔里
　　总带着乡愁!

一

　　那天大雪,郁郁黄昏之中,送一个朋友出山而去。绒绒的雪上,极整齐分明的镌着我们偕行的足印。独自归来的路上,偶然低首,看见洁白匀整的雪花,只这一瞬间,已又轻轻的掩盖了我们去时的踪迹。——白茫茫的大地上,还有谁知道这一片雪下,一刹那前,有个同行,有个送别?
　　我的心因觉悟而沉沉的浸入悲哀!
　　苏东坡的:

　　　人生到处知何似?
　　　应似飞鸿踏雪泥——
　　　泥上偶然留指爪,

鸿飞那复计东西!
....

那几句还未曾说到尽头处,岂但鸿飞不复计东西?连雪泥上的指爪都是不得而留的……于是人生到处都是渺茫了!

生命何其实在?又何其飘忽?它如迎面吹来的朔风,扑到脸上时,明明觉得砭骨劲寒;它又匆匆吹过,飒飒的散到树林子里,到天空中,渺无来因去果,纵骑着快马,也无处追寻。

原也是无聊,而薄纸存留的时候,或者比时晴的快雪长久些——今日不乐,松涛细响之中,四面风来的山亭上,又提笔来写《往事》。生命的历史一页一页的翻下去,渐渐翻近中叶,页页佳妙,图画的色彩也加倍的鲜明,动摇了我的心灵与眼目。这几幅是造物者的手迹。他轻描淡写了,又展开在我眼前;我瞻仰之下,加上一两笔点缀。

点缀完了,自己看着,似乎起了感慨,人生经得起追写几次的往事?生命刻刻消磨于把笔之顷……

这时青山的春雨已洒到松梢了!

一九二四年三月七日,青山

二

哪有心肠?然而竟被友人约去话别——

回来已是暮色沉沉。今夜没有电光,中堂燃着两支蜡烛,闪闪的光影,从竹帘里透出,觉得凄清。

走到院子里,已听见母亲同涵和杰断断续续的说话。等我进去时,帘子响处,声音都寂。母亲只低着头作针线,涵和杰惘然的站了起来,却没有话说,只扶着椅背,对着闪闪的烛光呆望。

我怀疑着,一面向母亲说着今天饯别的光景,他们两个竟不来搭话,我也不问。

母亲进去了,我才问他们到底是怎么一回事。涵不言语,杰叹了一口气,半晌说:"母亲说……她舍不得你走,你走了她如同……但她又不愿意让你知道……"

几个月来,我们原是彼此心下雪亮,只是手软心酸,不敢揭破这一层纸。然而今夜我听到了这意中的言语,我竟呆了。

忽然涵望着杰沉重的说："母亲吩咐不对莹哥说,你又来多事作什么？"

暂时沉默——这时电灯灿然的亮了,明光里照见他们两个的脸都红着。

杰嗫嚅着说："我想……我想不要紧的……"

涵截住他："不,我不许你说！"声音更严厉了。

这时杰真急了,觉得过分的受哥哥的诃斥。他也大声的说："瞒别人,难道要瞒自己的姊姊？"他负固的抵抗着。

我已丧失了裁判的能力,茫然的,无心的吹灭了蜡烛,正要勉强的说一两句话——

涵的声音凄然了,"正是不瞒别人,只瞒自己的姊姊呢！"

两对辛酸的眼光相触,如同刚卸下的琴弦一般,两个人同时无力的低下头去。

我神魂失据的站在他们中间。

电灯又灭了,感谢这一霎时消失的光明！我们只觉得温热颤动的手,紧紧的互握着,却看不见彼此盈盈的泪眼！

一九二三年七月二十三日夜,北京

三

今夜林中月下的青山,无可比拟！仿佛万一,只能说是似娟娟的静女,虽是照人的明艳,却不飞扬妖冶；是低眉垂袖,璎珞矜严。

流动的光辉之中,一切都失了正色：松林是一片浓黑的,天空是莹白的,无边的雪地,竟是浅蓝色的了。这三色衬成的宇宙,充满了凝静,超逸与庄严；中间流溢着满空幽哀的神意,一切言词文字都丧失了,几乎不容凝视,不容把握！

今夜的林中,决不宜于将军夜猎——那从骑杂沓,传叫风生,会踏毁了这平整匀纤的雪地；朵朵的火燎,和生寒的铁甲,会缭乱了静冷的月光。

今夜的林中,也不宜于燃枝野餐——火光中的喧哗欢笑,杯盘狼藉,会惊起树上稳栖的禽鸟；踏月归去,数里相和的歌声,会叫破了这如怨如慕的诗的世界。

今夜的林中,也不宜于爱友话别,叮咛细语——凄意已足,语音已微；而抑郁缠绵,作茧自缚的情绪,总是太"人间的"了,对不上这晶莹的雪月,空阔的山林。

今夜的林中,也不宜于高士徘徊,美人掩映——纵使林中月下,有佳句

可寻,有佳音可赏,而一片光雾凄迷之中,只容意念回旋,不容人物点缀。

我倚枕百般回肠凝想,忽然一念回转,黯然神伤……

今夜的青山只宜于这些女孩子,这些病中倚枕看月的女孩子!

假如我能飞身月中下视,依山上下曲折的长廊,雪色侵围阑外,月光浸着雪净的衾裯,逼着玲珑的眉宇。这一带长廊之中:万籁俱绝,万缘俱断,有如水的客愁,有如丝的乡梦,有幽感,有彻悟,有祈祷,有忏悔,有万千种话……

山中的千百日,山光松影重叠到千百回,世事从头减去,感悟逐渐侵来,已滤就了水晶般清澈的襟怀。这时纵是顽石钝根,也要思量万事,何况这些思深善怀的女子?

往者如观流水——月下的乡魂旅思,或在罗马故宫,颓垣废柱之旁;或在万里长城,缺堞断阶之上;或在约旦河边,或在麦加城里;或超渡莱茵河,或飞越落玑山;有多少魂销目断,是耶非耶?只她知道!

来者如仰高山,——久久的徘徊在困弱道途之上,也许明日,也许今年,就揭卸病的细网,轻轻的试叩死的铁门!

天国泥犁,任她幻拟:是泛入七宝莲池?是参谒白玉帝座?是欢悦?是惊怯?有天上的重逢,有人间的留恋,有未成而可成的事功,有将实而仍虚的愿望;岂但为我?牵及众生,大哉生命!

这一切,融合着无限之生一刹那顷,此时此地的,宇宙中流动的光辉,是幽忧,是彻悟,都已宛宛氤氲,超凡入圣——

万能的上帝,我诚何福?我又何辜?……

一九二四年二月三十日夜,沙穰

四

心血来潮,如听精灵呼唤,从昏迷的睡中,旋风般翻身起坐——

铃声响后,屋门开了,接着床前一阵惨默的忙乱。

狂潮渐退——医生凝立视我无语。护士捧着磁盘,眼光中带着未尽的惊惶。我精神全瘵,心里是彻底的死去般的空虚。颊上流着的清泪,只是眼眶里的一种压迫,不是从七情中的任一情来的。

最后仿佛的寻见了我自己是坐着,半缚半围的拥倚在床阑上,胸前系着一个大冰囊。注射过的右臂,麻木隐痛到不能转动,然而我也没有转动的意想。

心血果然凝而不流,飘忽的灵魂,觉出了躯壳的重量。这重量层层下沉,躯壳压在床阑上,床阑压在楼屋上,楼屋又压在大地上。

凝结沉重之中,时间一分一分的过去,人们已退尽。床侧的灯光,是调节到只能看见室内一切的模糊轮廓为止,——其实这时我自己也只剩一个轮廓!

我连闭目的力量都没有——然而我竟极无端的见了一个梦。

我在层层的殿阁中缓缓行走,却总不得踏着实地,软绵绵的在云雾中行。

不知走了多远,到了最末层;猛抬头看见四个大字的金匾,是"得大自在",似乎因此觉悟了这是京西卧佛寺的大殿。

不由自主的还是往上走,两庑下忽然加深,黑沉沉的,两边忽然奏起音乐,却看不见一个乐人。那声音如敲繁钟,如吹急管,天风吹送着,十分的错落凄紧!我梦中停足倾耳,自然赞叹,"这是'十番',究竟还是东方的古乐动人!"

更向里走,殿中更加沉黑,如漆如墨,摸索着愈走愈深。忽然如同揭开殿顶,射下一道光明来,殿中洞然,不见了那卧佛的大像,后壁上却高高的挂着一幅大白绫子,缀着青绒的大字,明白的是:"只因天上最高枝,开向人……"光梢只闪到"人"字,便弇然的掣了回去。我惊退,如雾,如电,不断的乐音中,我倏然的坠下无底深渊去……

无限的下坠之中,灵魂又寻到了躯壳:耳中还听见"十番",室中仍只是几堆模糊的轮廓,星辰在窗外清冷灰白色的天空中闪耀着——

我定一定神,我又微笑,周身仍是沉重冰结,心灵中却来了一缕凉意,是知识来复后的第一个感觉。

天还未明,刚在右臂药力消散之后,我挣扎着探身取了铅笔,将梦中所见的十个字,欹斜的写在一张小纸上,塞在浴衣的袋里。

病到不知西东的时候,冻结的心魂,还有能力飞扬!——光影又只弇然的一闪,"开向人……"之下,竟不知是些什么,无论何时回忆起,都觉得有些惋惜。原也只是许多字形在梦中的观念的再现,而上句"只因天上最高枝"这七个字,连缀得已似乎不错。

一九二三年十一月二十六日夜,圣卜生疗养院

五

"风浪要来了,这一段水程照例是不平稳的!"

这两句话不知甚时,也不知是从哪一个侍者口中说出来的,一瞬时便在这几百个青年中间传播开了。大家不住的记念着,又报告佳音似的彼此谈说着。在这好奇而活泼的心绪里,与其说是防备着,不如说是希望着罢。

于是大家心里先晕眩了,分外的凝注着海洋。依然的无边闪烁的波涛,似乎渐渐的摇荡起来,定神看时,却又不见得。

我——更有无名的喜悦,暗地里从容的笑着——

晚餐的时候,灯光依旧灿然,广厅上杯光衣影,盈盈笑语之中,忽然看见那些白衣的侍者,托着盘子,欹斜的从许多圆桌中间掠走了过来,海洋是在动荡了!大家暂时的停了刀叉,相顾一笑,眼珠都流动着,好像相告说:"风浪来了!"——这时都觉出了船身左右的摇摆。

我没有言语,又满意的一笑。

餐后回到房里——今夜原有一个谈话会——我徐徐的换着衣服,对镜微讴,看见了自己镜中惊喜的神情,如同准备着去赴海的女神召请去对酌的一个夜宴;又如同磨剑赴敌,对手是一个闻名的健者,而自己却有几分胜利的把握。

预定夜深才下舱来,便将睡前一切都安排好了。

出门一笑,厅中几个女伴斜坐在大沙发上,灯光下娇惰的谈笑着,笑声中已带晕意。

一路上去,遇见许多挟着毡子,笑着下舱来的同伴,笑声中也有些晕意。

我微笑着走上舱面去。琴旁坐着站着还围有许多人,我拉过一张椅子,坐在玲的旁边。她笑得倚到我的肩上说:"风浪来了!"

弹琴的人左右倾欹的双腕仍是弹奏着,唱歌的人,手扶着琴台笑着唱着,忽然身不自主一溜的从琴的这端滑到那端去。

大家都笑了,笑声里似都不想再支持,于是渐渐的四散了。

我转入交际室,谈话会的人都已在里面了,大家团团的坐下。屋里似乎很郁闷。我觉得有些人面色很无主,掩着口蹙然的坐着——大家都觉得在同一的高度中,和室内一切,一齐的反侧欹斜。

似乎都很勉强,许多人的精神,都用到晕眩上了!仿佛中谈起爱海来,华问我为何爱海?如何爱海?——我渐渐的觉得快乐充溢,怡然的笑了。并非喜这问题,是喜欢我这时心身上直接自海得来的感觉,我笑说:"爱海

中国20世纪名家散文经典

是这么一点一分的积渐的爱起来的……"

未及说完,一个同伴,掩着口颠顿的走了出去。

大家又都笑了。笑声中,也似乎说:"我们散了罢!"却又都不好意思走,断断续续的仍旧谈着。我心神已完全的飞越,似乎水宫赴宴的时间,已一分一分的临近;比试的对手,已一步一步的仗着剑向着我走来,——但我还天一句地一句的说着"文艺批评"。

又是一个同伴,掩着口颠顿的走了出去——于是两个,三个……

我知道是我说话的时候了,我笑说:"我们散了罢,别为着我大家拘束着!"一面先站了起来。

大家笑着散开了。出到舱外,灯影下竟无一人,阑外只听得涛声。全船想都睡下了,我一笑走上最高层去。

迎着海风,掠一掠鬓发,模糊摇撼之中,我走到阑旁,放倒一个救生圈,抱膝坐在上面,遥对着高竖的烟囱与桅樯。我看见船尾的阑干,与暗灰色的天末的水平线,互相重叠起落,高度相去有五六尺。

我凝神听着四面的海潮音。仰望高空,桅尖指处,只一两颗大星露见。——我的心魂由激扬而宁静,由快乐而感到庄严。海的母亲,在洪涛上轻轻的簸动这大摇篮。几百个婴儿之中,我也许是个独醒者……

我想到母亲,我想到父亲,忆起行前父亲曾笑对我说:"这番横渡太平洋,你若晕船,不配作我的女儿!"

我寄父亲的信中,曾说了这几句:"我已受了一回风浪的试探。为着要报告父亲,我在海风中,最高层上,坐到中夜。海已证明了我确是父亲的女儿。"

其实这又何足道?这次的航程,海平如镜,天天是轻风习习,那夜仅是五六尺上下的震荡。侍者口中夸说的风浪,和青年心中希冀惊笑的风浪,比海洋中的实况,大得多了!

一九二三年八月二十日夜,太平洋舟中

六

从来未曾感到的,这三夜来感到了,尤其是今夜!——与其说"感"不如说"刺"——今夜感到的,我恳颤的希望这一生再也不感到!

阴历八月十四夜,晚餐后同一位朋友上楼来,从塔窗中,她忽然赞赏的唤我看月。撩开幔子,我看见一轮明月,高悬在远远的塔尖。地上是水银泻地般的月光。我心上如同着了一鞭,但感觉还散漫模糊,只惘然的也赞美了一句,便回到屋里,放下两重帘子来睡了。

早起一边理发,忽又惘惘的忆起昨夜的印象。我想起"……看月多归思,晓起开笼放白鹇"这两句来。如有白鹇可放,我昨夜一定开笼了,然而她纵有双飞翼,也怎生飞渡这浩浩万里的太平洋?我连替白鹇设想的希望都绝了的时候,我觉得到了最无可奈何的境界!

中秋日,居然晴明,我已是心慑,仪又欢笑的告诉我,今夜定在湖上泛舟,我尤其黯然!但这是沿例,旧同学年年此夜请新同学荡舟赏月,我如何敢言语?

黄昏良来召唤我时,天竟阴了,我一边和她走着,说不出心里的感谢。

我们七人,坐了三只小舟,一篙儿点开,缓缓从桥下穿过,已到湖上。

四顾廓然,湖光满眼。环湖的山黯青着,湖水也翠得很凄然。水底看见黑云浮动,湖岸上的秋叶,一丛丛的红意迎人,几座楼台在远处,旋转的次第入望。

我们荡到湖心,又转入水枝低桠处,错落的谈着,不时的仰望云翳的天空。云彩只严遮着,月意杳然。——"千金也买不了她这一刻的隐藏!"我说不出的心里的感谢。

云影只严遮着,月意杳然,夜色渐渐逼人,湖光渐隐。几片黑云,又横曳过湖东的丛树上,大家都怅惘,说:"无望了!我们回去罢!"

归棹中我看见舟尾的秋。她在桨声里,似吟似叹的说:"月呵!怎么不作美呵!"她很轻巧的又笑了,我也报她一笑。——这是"释然",她哪儿知道我的心绪?

到岸后,还在堤边留连仰望了片晌。——我想:"真可怜——中秋夜居然逃过了!"人人怅惘的归途中,我有说不尽的心里的感谢。

十六夜便不防备,心中很坦然,似乎忘却了。

不知如何,偶然敲了楼东一个朋友的室门,她正灭了灯在窗前坐着。月光满室!我一惊,要缩回也来不及了,只能听她起身拉着我的手,到窗前来。

没有一点缺憾!月儿圆满光明到十二分。我默然,我咬起唇儿,我几乎要迸出一两句诅咒的话!

假如她知道我这时心中的感伤是到了如何程度,她也必不忍这般的用双臂围住我,逼我站在窗前。我惨默无声,我已拼着鼓勇去领略。正如立近万丈的悬崖,下临无际的酸水的海。与其徘徊着惊悸亡魂,不如索性纵身一跃,死心的去感觉那没顶切肤的辛酸的感觉。

我神摇目夺的凝望着:近如方院,远如天文台,以及周围的高高下下的树,都逼射得看出了红、蓝、黄的颜色。三个绿半球针竿高指的圆顶下,不断的白圆穹门,一圈一圈的在地的月影,如墨线画的一般的清晰。十字道四角的青草,青得四片绿绒似的,光天化日之下,也没有这样的分明呵,何况这一切都浸透在这万里迷濛的光影里……

我开始诅咒了!

乡愁麻痹到全身,我掠着头发,发上掠到了乡愁;我捏着指尖,指上捏着了乡愁。是实实在在的躯壳上感着的苦痛,不是灵魂上浮泛流动的悲哀!

我一翻身匆匆的辞了她,回到屋里来。匆匆的用手绢蒙起了桌上嵌着父亲和母亲相片的银框。匆匆的拿起一本很厚的书来,扶着头苦读——茫然的翻了几十页,我实在没有气力再敷衍了,推开书,退到床上,万念俱灰的起了呜咽。

我病了——

那夜的惊和感,如夏空的急电,奔腾闪掣到了最高尖。过后回思,使我怃然叹异,而且不自信!如今反复的感着乡愁的心,已不能再飘起。无数的月夜都过去了,有时竟是整夜的看着,情感方面,却至多也不过"惘然"。

痛定思痛,我觉悟了明月为何千万年来,伤了无数的客心!静夜的无限光明之中,将四围衬映得清晰浮动,使她彻底的知道,一身不是梦,是明明白白的去国客游。一切离愁别恨,都不是淡荡的,犹疑的;是分明的,真切的,急如束湿的。

对于这事,我守了半年的缄默;只在今春与友人通讯之间,引了古人月夜的名句之后,我写:"呜呼!赏鉴好文学,领略人生,竟须付若大代价耶?"

至于代价如何,"呜呼"两字之后,藏有若干的伤感,我竟没有提,我的朋友因而也不曾问起。

一九二三年九月二十六日夜,闭壁楼

七

我当然喜爱花草!

在国内时,我的屋里虽然不断的供养着香花,而剪叶添水的事,我却不常作。父亲或母亲走了进来,用手指按一按盆土,就啧啧的说:"我看花草供到你的屋里来,就是她们的末日到了!"

假如他二位老人家,说完这话就算了时,我自然不能再懒惰,至少也须敷衍敷衍;然而他们说完之后,提水瓶的提水瓶,拿剪刀的拿剪刀;若供的是水仙花,更是不但花根,连盆连石子都洗了。我乐得笑着站在一旁看。

我决不是不爱花,也决不是懒惰。一来我知道我收拾的万不及他们的齐整,——我十分相信收拾花卉是一种艺术——二来我每每喜欢得个题目,引得父亲和母亲和我纠缠。但看去国后,我从未忘了替屋里的花添水!我案头的水仙花,在别人和我同时养起的,还未萌苴的时候,就已怒放。一剪一剪繁密的花朵,将花管带得沉沉下垂,我用细绳将她们轻轻的束起。

花未开尽,我已病到医院里去,自此便隔绝了!只在一个朋友的小启中,提了一句,"你的花,我已替你浇水了。"以后再无人提,我也不好意思再问。但我在病榻上时时想起人去楼空,她自己在室中当然寂静。闭璧楼夜间整齐灿烂的光明中,缺了一点,便是我黑暗的窗户,暗室中再无人看她在光影下的丰神!

入山之后一日,开了朋友们替我收拾了送来的箱子,水仙花的绿盆赫然在内。我知道她在我卧病二十日之中,残落已尽,更无从"托微波以通词",我怅然——良久!

第三天,得了一个匣子,剪开束绳,白纸外一张片子,写着:

无尽的爱,安娜。

纸内包卷着一束猩红的玫瑰。珍重的插在瓶内,黄昏时浓香袭人。

只过了一夜,我早起进来,看见花朵都低垂了,瓣儿憔悴得黑绒剪成的一般!才惊悟到这屋里太冷,后面瑛的小楼上是有暖炉的,她需要花的慰安,她也配受香花供养,我连忙托人带去赠了她。——听说一夜的工夫,花魂又回转了过来。

此后陆续又得了许多花,玫瑰也有,水仙也有,我都不忍留住。送客走后,便自己捧到瑛的楼里。

想起圣卜生医院室中不断的繁花,我不胜神往。然而到了花我不能两全的时候,我宁可刻苦了自己。我寂寞清寒的过了六十天,不曾牺牲一个花朵!

二月十六日,又有友人赠我六朵石竹花,三朵红的,三朵白的,间以几枝凤尾草。那天稍暖,送花的友人又站在一旁看我安插,我不好意思就把花送走,插好便放在屋里的玻璃几上。

夜中见着瑛,我说:"又有一瓶花送你了!"她笑着谢了我。

回来欹在枕上,等着出到了廊外之时,忽然看见了几上的几朵石竹花,那三朵白的,倒不觉得怎样,只那三朵红的,红得异样的可怜!

灿然的灯下,红绒般的瓣儿,重叠细碎的光艳照眼,加以花旁几枝凤尾草的细绿的叶围绕着,交辉中竟有殢人的意味。

这时不知是"花"可怜,还是"红"可怜,我心中所起的爱的感觉,很模糊而浓烈……

"我不想再作傻子!周围都是白的,周围都是冷的,看不见一点红艳与生意,这般的过了六十天,何自苦如此?"

我决定留下她!

第二天早起,瑛问我:"花呢?"我笑而不答。

今日风雪。我拥毡坐在廊上,回头看见这几朵花,在门窗洞开的室中,玻璃几上,迎着朔风瑟瑟而动,我不语。

进去从书架上取下一本书来,又到廊上。翻开书页,觉得连纸张都是冰冻的。我抬起头来望着那几朵寒颤的花——我又不语。

晚上,这几朵已憔悴损伤,瓣边已焦黄了!悼惜已来不及,我已牺牲了她。

偶然拿起笔来,不知是吊慰她,还是为自己文过,写了几行:

…………
　…………

几曾愿挥麾开去?
雪冷风寒——
　不忍挽柔弱的花枝,
　　来陪我禁受。
顾惜了她们
逼得我忘怀自己。

真是何苦来?
　石竹花!
无情的朋友,又打发了
秾艳的你们
　来依傍冷幽的我!

拼却瓶碎花凝,
　也作一回残忍的事罢!

>山中两月，
>　　彻骨的清寒，
>不能再……

到此意尽，笔儿自然的放下，只扶头看着残花出神。

以后也曾重写了三五次，只是整凑不起来。花已死去，过也不必文，至今那张稿纸，还随便的夹在一本书里。

一九二四年二月二十日，沙穰

八

是除夜的酒后，在父亲的书室里。父亲看书，我也坐近书几，已是久久的沉默——

我站起，双手支颐，半倚在几上，我唤："爹爹！"父亲抬起头来。"我想看守灯塔去。"

父亲笑了一笑，说："也好，整年整月的守着海——只是太冷寂一些。"说完仍看他的书。

我又说："我不怕冷寂，真的，爹爹！"

父亲放下书说："真的便怎样？"

这时我反无从说起了！我耸一耸肩，我说："看灯塔是一种最伟大，最高尚，而又最有诗意的生活……"

父亲点头说："这个自然！"他往后靠着椅背，是预备长谈的姿势。这时我们都感着兴味了。

我仍旧站着，我说："只要是一样的为人群服务，不是独善其身；我们固然不必避世，而因着性之相近，我们也不必避'避世'！"

父亲笑着点头。

我接着："避世而出家，是我所不屑作的，奈何以青年有为之身，受十方供养？"

父亲只笑着。

我勇敢的说："灯台守的别名，便是'光明的使者'。他抛离田里，牺牲了家人骨肉的团聚，一切种种世上耳目纷华的娱乐，来整年整月的对着渺茫无际的海天。除却海上的飞鸥片帆，天上的云涌风起，不能有新的接触。除了骀荡的海风，和岛上崖旁转青的小草，他不知春至。我抛却'乐群'，只知'敬业'……"

中国20世纪名家散文经典

父亲说:"和人群大陆隔绝,是怎样的一种牺牲,这情绪,我们航海人真是透彻中边的了!"言次,他微叹。

我连忙说:"否,这在我并不是牺牲!我晚上举着火炬,登上天梯,我觉得有无上的倨傲与光荣。几多好男子,轻侮别离,弄潮破浪,狎习了海上的腥风,驱使着如意的桅帆,自以为不可一世,而在狂飙浓雾,海水山立之顷,他们却蹙眉低首,捧盘屏息,凝注着这一点高悬闪烁的光明!这一点是警觉,是慰安,是导引,然而这一点是由我燃着!"

父亲沉静的眼光中,似乎忽忽的起了回忆。

"晴明之日,海不扬波,我抱膝沙上,悠然看潮落星生。风雨之日,我倚窗观涛,听浪花怒撼崖石。我闭门读书,以海洋为师,以星月为友,这一切都是不变与永久。

"三五日一来的小艇上,我不断的得着世外的消息,和家人朋友的书函;似暂离又似永别的景况,使我们永驻在'的的如水'的情谊之中。我可读一切的新书籍,我可写作,在文化上,我并不曾与世界隔绝。"

父亲笑说:"灯塔生活,固然极其超脱,而你的幻像,也未免过于美丽。倘若病起来,海水拍天之间,你可怎么办?"

我也笑道:"这个容易———一时虑不到这些!"

父亲道:"病只关你一身,误了燃灯,却是关于众生的光明……"

我连忙说:"所以我说这生活是伟大的!"

父亲看我一笑,笑我词支,说:"我知道你会登梯燃灯;但倘若有大风浓雾,触石沉舟的事,你须鸣枪,你须放艇……"

我郑重的说:"这一切,尤其是我所深爱的。为着自己,为着众生,我都愿学!"

父亲无言,久久,笑道:"你若是男儿,是我的好儿子!"

我走近一步,说:"假如我要得这种位置,东南沿海一带,爹爹总可为力?"

父亲看着我说:"或者……但你为何说得这般的郑重?"

我肃然道:"我处心积虑已经三年了!"

父亲敛容,沉思的抚着书角,半天,说:"我无有不赞成,我无有不为力。为着去国离家,吸受海上腥风的航海者,我忍心舍遣我唯一的弱女,到岛山上点起光明。但是,唯一的条件,灯台守不要女孩子!"

我木然勉强一笑,退坐了下去。

又是久久的沉默——

父亲站起来,慰安我似的:"清静伟大,照射光明的生活,原不止灯台守,人生宽广的很!"

我不言语。坐了一会,便掀开帘子出去。

弟弟们站在院子的四隅,燃着了小爆竹。彼此抛掷,欢呼声中,偶然有一两支掷到我身上来,我只笑避——实在没有同他们追逐的心绪。

回到卧室,黑沉沉的歪在床上。除夕的梦纵使不灵验,万一能梦见,也是慰情聊胜无。我一念至诚的要入梦,幻想中画出环境,暗灰色的波涛,岿然的白塔……

一夜寂然——奈何连个梦都不能作!

这是两年前的事了,我自此后,禁绝思虑,又十年不见灯塔,我心不乱。

这半个月来,海上瞥见了六七次,过眼时只悄然微叹。失望的心情,不愿它再兴起。而今夜浓雾中的独立,我竟极奋迅的起了悲哀!

丝雨濛濛里,我走上最高层,倚着船阑,忽然见天幕下,四塞的雾点之中,夹岸两嶂淡墨画成似的岛山上,各有一点星光闪烁——

船身微微的左右欹斜,这两点星光,也徐徐的在两旁隐约起伏。光线穿过雾层,莹然、灿然,直射到我的心上来,如招呼,如接引,我无言,久——久,悲哀的心弦,开始策策而动!

有多少无情有恨之泪,趁今夜都向这两点星光挥洒!凭吟啸的海风,带这两年前已死的密愿,直到塔前的光下——

从此了结!拈得起,放得下,愿不再为灯塔动心,也永不作灯塔的梦,无希望的永古不失望,不希冀那不可希冀的,永古无悲哀!

愿上帝祝福这两个塔中的燃灯者!——愿上帝祝福有海水处,无数塔中的燃灯者!愿海水向他长绿,愿海山向他长青!愿他们知道自己是这一隅岛国上无冠的帝王,只对他们,我愿致无上的颂扬与羡慕!

一九二三年八月二十八日,太平洋舟中

九

只这般昏昏的,匆匆的别去,既不缠绵,又不悲壮,白担了这许多日子的心了!

头一天午时,我就没有上桌吃饭,弟弟们唤我,我躺在床上装睡。听见母亲在外间说:"罢了,不要惹她。"

伤了一会子的心——下午弟弟们的几个小朋友来了,玩得闹烘烘的。大家环着院子里一个大莲花缸跑,彼此泼水为戏,连我也弄湿了衣襟。母亲

半天不在家,到西院舅母那边去了,却吩咐厨房里替我煮了一碗面。

黄昏时又静了下来,我开了琴旁的灯弹琴,好几年不学琴了,指法都错乱,我只心不在焉的反复的按着。最后不知何时已停了弹,只倚在琴台上,看起琴谱来。

父亲走到琴边,说:"今晚请你的几个朋友来谈谈也好,就请她们来晚餐。"我答应着,想了一想,许多朋友假期中都走了,星虽远些,还在西城。我就走到电话匣旁,摘下耳机来,找到她,请她多带几个弟妹,今夜是越人多越好。她说晚了,如来不及,不必等着晚餐也罢。那时已入夜,平常是星从我家归去的时候了。

舅母走过来,潜也从家里来了。我们都很欢喜,今夜最怕是只有家人相对!潜说着海舟上的故事,和留学生的笑话,我们听得很热闹。

厨丁在两个院子之间,不住的走来走去,又自言自语的说:"九点了!"我从帘子里听见,便笑对母亲说:"简直叫他们开饭罢,厨师父在院子里急得转磨呢!——星一时未必来得了。"母亲说:"你既请了她,何妨再等一会?"和我说着,眼却看着父亲。父亲说:"开来也好,就请舅母和潜在这里吃罢。我们家里按时惯了,偶然一两次晚些,就这样的鸡犬不宁!"

我知道父亲和母亲只怕的是我今夜又不吃饭,如今有舅母和潜在这里,和星来一样,于是大家都说好——纷纭语笑之中,我好好吃了一顿晚饭。

饭后好一会,星才来到,还同着宪和宜,我同楫迎了出去,就进入客室。

话别最好在行前八九天,临时是"话"不出来的。不是轻重颠倒,就是无话可说。所以我们只是东拉西扯,比平时的更淡漠,更无头绪,我一句也记不得了。

只记得一句,还不是我们说的。

我和星,宜在内间,楫陪着宪在外间,只隔着一层窗纱,小孩子谈得更热闹。

星忽然摇手,听了一会,笑对我说:"你听你小弟弟和宪说的是什么?"我问:"是什么?"她笑道:"他说,'我姊姊走了,我们家里,如同丢了一颗明珠一般!'"她说着又笑了,宜也笑了,我不觉脸红起来。

——我们姊弟平日互相封赠的徽号多极了!什么剑客,诗人,哲学家,女神等等,彼此混谥着。哪里是好意?三分亲爱,七分嘲笑,有时竟等于怨谤,一点经纬都没有的!比如说父亲或母亲偶然吩咐传递一件东西,我们争着答应,自然有一个捷足先得,偶然得了夸奖,其余三个怎肯干休?便大家站在远处,点头赞叹的说:"孝子!真孝顺!'二十四孝'加上你,二十五孝了!"结果又引起一番争论。

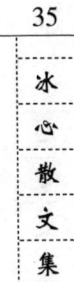

这些事只好在家里通行,而童子无知,每每在大庭广众之间,也弄假成真的说着,总使我不好意思——

我也只好一笑,遮掩开去。

舅母和潜都走了,我们便移到中堂来。时已夜午,我觉得心中烦热,竟剖开了一个大西瓜。

弟弟们零零落落的都进去了,再也不出来。宪没有人陪,也有了倦意。星说:"走罢,远得很呢,明天车站上送你!"说着有些凄然。——岂知明天车站上并没有送着,反是半个月后送到海舟上来,这已是我大梦中的事了!

送走了她们,走入中间,弟弟们都睡了。进入内室,只父亲一人在灯下,我问妈妈呢,父亲说睡下了。然而我听见母亲在床上转侧,又轻轻的咳嗽,我知道她不愿意和我说话,也就不去揭帐。

默然片响,——父亲先说些闲话,以后慢慢的说:"我十七岁离家的时候,祖父嘱咐我说:'出外只守着三个字:勤,慎,……'"

没有说完,我低头按着胸口——父亲皱眉看着我,问:"怎么了?"我说:"没有什么,有一点心痛……"

父亲叹了一口气,站起身来,说:"不早了,你睡去罢,已是一点钟了。"

回到屋里,抚着枕头也起了恋恋,然而一夜睡得很好。

早饭是独自吃的,告诉过母亲到佟府和女青年会几个朋友那里辞行,便出门去了。又似匆匆,又似挨延的,近午才回来。

入门已觉得凄切!在院子里,弟弟们拦住我,替我摄了几张快影。照完我径入己室,扶着书架,泪如雨下。

舅母抱着小因来了,说:"小因来请姑姑了,到我们那边吃饺子去!"我连忙强笑着出来,接过小因,偎着她。就她的肩上,印我的泪眼——便跟着舅母过来。

也没有吃得好:我心中的酸辛,千万倍于蘸饺子的姜醋,父亲踱了过来,一面逗小因说笑,却注意我吃了多少,我更支持不住,泪落在碗里,便放下筷子。舅母和嫂嫂含着泪只管让着,我不顾的站了起来……

回家去,中堂里正撤着午餐。母亲坐在中间屋里,看见我,眼泪便滚了下来。我那时方寸已乱!一会儿恐怕有人来送我,与其左右是禁制不住,有在人前哭的,不如现在哭。我叫了一声"妈妈",挨坐了下去。我们冰凉颤动的手,紧紧的互握着臂腕,呜咽不成声!——半年来的自欺自慰,相欺相慰,无数的忍泪吞声,都积攒了来,有今日恣情的一恸!

鸦雀无声,没有一个人来劝,恐怕是要劝的人也禁制不住了!

我释了手,卧在床上,泪已流尽,闭目躺了半晌,心中倒觉得廓然。外面

人报潜来了,母亲便走了出去。小朋友们也陆续的来了,我起来洗了脸,也出去和他们从容的谈起话来。

外面门环响,说:"马车来了。"小朋友们都手忙脚乱的先推出自行车去,潜拿着帽子,站在堂门边。

我竟微笑了!我说:"走了!"向空发言似的,这语声又似是从空中来,入耳使我惊慑。我不看着任一个人,便掀开帘子出去。

极迅疾的!我只一转身,看见涵站在窗前,只在我这一转身之顷,他极酸恻的瞥了我一眼,便回过头去!可怜的孩子!他从昨日起未曾和我说话,他今天连出大门来送我的勇气都没有!这一瞥跟中,有送行,有抱歉,有慰藉,有无限的别话,我都领会了!别离造成了今日异样懂事的一个他!今天还是他的生日呢,无情的姊姊连寿面都不吃,就走了!……

走到门外,只觉得车前人山人海,似乎家中大小上下都出来了。我却不曾看见母亲。不知是我不敢看她,或是她隐在人后,或是她没有出来。我看见舅母,嫂嫂,都含着泪。连站在后面的白和张,说了一声"一路平安!"声音都哽咽着,眼圈儿也红了。

坐车,骑车的小孩子,都启行了。我带着两个弟弟,两个妹妹,上了车,车门砰的一声关上了。马一扬鬣,车轮已经转动。只几个转动,街角的墙影,便将我亲爱的人们和我的,相互的视线隔断了……

我又微笑着向后一倚。自此入梦!此后的都是梦境了!

只这般昏昏的匆匆的一别,既不缠绵,又不悲壮,白担了这许多日子的心了!

然而只这昏昏的匆匆的一别,便把我别到如云的梦中来!九个月来悬在云雾里,眼前飞掠的只是梦幻泡影,一切色,声,香,味,触,法,都很异样,很麻木,很漂浮。我挣扎把握,也撮不到一点真实!

这种感觉不是全然于我无益的,九个月来,不免有时遇到支持不住的事,到了悲哀宛转,无可奈何的时节,我就茫然四顾的说:"不管它罢,这一切原都在梦中呢!"

就是此刻的突起的乡愁,也这样迷迷糊糊的让它过去了!

一九二三年八月三日,北京

十

只是这般昏昏的匆匆的一别,既不缠绵,又不悲壮;然而前天我追写的时候,我的眼泪流的比笔尖移动得还快!亭中寂寂,浓密的松枝外,好鸟时鸣,嫣红姹紫开遍;而我除了膝上的纸笔,和一方湿透的纱巾外,看不见别的!

我写时不须思索,没有着力,而回忆如大河泛决,奔越四流。我恨不能百管齐下,同时描述了每一段时间,每一个人,每一端思念!

我写时因呜咽而中断了好几次,归结只写了顾一失百的那一篇,而那一篇中的每一小段都是无尽,每一小段都能演绎到千万言!

文艺既凭借着主观的欣赏,我写时如雨的眼泪,未必能普遍的感动了世间一切有情。但因着字字真切的本地风光,在那篇中提名的人,决不能不起一番真切的回忆,而终于坠泪,第一个人就是我的母亲!

我远道寄回这几篇去,我不能伴她同读,引动她的伤感后,不能有即时笑语的慰藉,我诚何心?

然而不须感伤,我至爱的母亲!我灵魂是躯壳的主宰,别离之前,虽不知离愁深刻到如斯,而未尝不知别离之苦。我要推却别离,没有别离敢来挽我。为着人生,我曾自愿不住的挥着别泪,作此"弱游"!

别的都不说,只这昏昏的匆匆的一别,先在世上绝对的承认了一个"我"的存在,为幸已多!

乡愁每深一分,"我"的存在就证实了一分,——何以故?因我确有个感受痛苦的心灵与躯壳故!

既承认了"我",就不能不承认宇宙中无量数的"他",更不能不承认包罗一切的"生命",以及生命中的一切。

我既绝对承认了生命,我便愿低头去领略。我便愿遍尝了人生中之各趣,人生中之各趣我便愿遍尝!——我甘心乐意以别的泪与病的血为赞,推开了生命的宫门。

我曾说:

"别离碎我为微尘,和爱和愁,病又把我团捏起来,还敷上一层智慧。等到病叉手退立,仔细端详,放心走去之后,我已另是一个人!

"她已渐远渐杳,我虽没有留她的意想,望着她的背影,却也觉得有些凄恋。我起来试走,我的躯体轻健;我举目四望,我的眼光清澈。遍天涯长着萋萋的芳草,我要从此走上远大的生命的道途!感谢病与别离。二十余年来,我第一次认识了生命。"

所以,不须伤感,我至爱的母亲!凭着血与泪,我已推开了生命神秘的宫门。因着巨大的代价,我从此要领受人生,享乐人生。

不须伤感,我至爱的母亲!悲哀只是一霎时,我的青春活泼的心,决不作悲哀的留滞。日来渐惯了单寒羁旅,离愁已浅,病缘已断;只往事忽忽追忆,难得当日哀乐纵横,贻我以抒写时的洒落与回味!

不须伤感,我至爱的母亲!往事的追写,决不会摧耗了我的精神,有把笔的可能,总未到悲哀的极致。母亲寄我的信中曾有:

"除夕我因你不在,十分难过,就想写信,提起笔来,心中一阵难受,又放下了笔,不能再写……"可知到了悲极,决无能力把笔!我只洒洒落落写来,写完心释。投笔之后,就让它从此成为"往事",不予以多一刻的留连!

往事愿都撇在一边!——现在我收了纸笔,要在斜阳中下了山亭。春光真明媚!芊芊无际的山坡上,开了万树不知名的黄的,白的,红的,紫的花,内中我只认得樱花已开,丁香已含苞,杨柳的嫩黄,与松枝的深绿,衬以知更雀的红胸,真是异样的鲜明!此行循着紫罗兰路,也许采些野花归去。

愿上帝祝福母亲!

愿上帝祝福母亲!

一九二四年五月十九日,青山

附注:每篇末的日月,是那段"往事"发生的时期与地点,和写作的时地,是不相干的。

寄小读者

《寄小读者》四版自序

假如文学的创作,是由于不可遏抑的灵感,则我的作品之中,只有这一本是最自由,最不思索的了。

这书中的对象,是我挚爱恩慈的母亲。她是最初也是最后我所恋慕的一个人。我提笔的时候,总有她的颦眉或笑脸涌现在我的眼前。她的爱,使我由生中求死——要担负别人的痛苦;使我由死中求生——要忘记自己的痛苦。生命中的经验,渐渐加增,我也渐渐的撷到了生命花丛中的尖刺。在一切躯壳和灵魂的美丽芬芳的诱惑之中,我受尽了情感的颠簸;而"到底为谁活着"的观念,也日益明了……

感谢上帝,在我最初一灵不昧的入世之日,已予我以心灵永久的皈依和寄托——

我无有话说,人生就是人生!母亲付予了我以灵魂和肉体,我就以我的灵肉来探索人生。以往的试验探索的结果,使我写了寄小朋友这些书信。这书中有幼稚的欢乐,也有天真的眼泪!

年来笔下销沉多了,然而我觉得那抒写的情绪,总是不绝如缕,乙乙欲抽——记得一九二四年的初春,在沙穰青山的病榻上,背倚着楼阑凝望:正是山雨欲来的时候,湿风四起,风片中夹带着新草的浓香。黑云飞聚,压盖得楼前的层山叠嶂,浮起了艳艳的绿光。天容如墨,而如墨的云隙中,万缕霞光,灿

中国 20 世纪名家散文经典

穿四射,影满大地!我那时神悚目夺,瞿然惊悦,我在预觉着这场风雨后芳馨浓郁的春光!

小朋友,朗润园池中春冰已泮,而我怀仍结!在这如结久蕴的情怀之后,我似乎也觉着笔下来归的隐隐的春光。我在墙头小山上徐步,土湿如膏,西望玉泉山上的塔,和万寿山上的佛香阁、排云殿等等,都隐在浓雾之中,而浓雾却遮不住那丛树枝头嫩黄的生意,春天来了!

小朋友,冰心应许你在这一春中,再报告你们些幼稚的欢乐,天真的眼泪,虽然她也怕在生命花刺渐渐握满之后,欢笑不成,眼泪不落……

小朋友,记取,春天来了!

一九二七年三月二十日,朗润园

通 讯 一

似曾相识的小朋友们:

我以抱病又将远行之身,此三两月内,自分已和文字绝缘;因为昨天看见《晨报》副刊上已特辟了"儿童世界"一栏,欣喜之下,便借着软弱的手腕,生疏的笔墨,来和可爱的小朋友,作第一次的通讯。

在这开宗明义的第一信里,请你们容我在你们面前介绍我自己。我是你们天真队里的一个落伍者——然而有一件事,是我常常用以自傲的:就是我从前也曾是一个小孩子,现在还有时仍是一个小孩子。为着要保守这一点天真直到我转入另一世界时为止,我恳切的希望你们帮助我,提携我,我自己也要永远勉励着,作你们的一个最热情最忠实的朋友!

小朋友,我要走到很远的地方去。我十分的喜欢有这次的远行,因为或者可以从旅行中多得些材料,以后的通讯里,能告诉你们些略为新奇的事情。——我去的地方,是在地球的那一边。我有三个弟弟,最小的十三岁了。他念过地理,知道地球是圆的。他开玩笑的和我说:"姊姊,你走了,我们想你的时候,可以拿一条很长的竹竿子,从我们的院子里,直穿到对面你们的院子去,穿成一个孔穴。我们从那孔穴里,可以彼此看见。我看看你别后是否胖了,或是瘦了。"小朋友想这是可能的事情么?——我又有一个小朋友,今年四岁了。他有一天问我说:"姑姑,你去的地方是比前门还远么?"小朋友看是地球的那一边远呢?还是前门远呢?

我走了——要离开父母兄弟,一切亲爱的人。虽然是时期很短,我也已觉得很难过。倘若你们在风晨雨夕,在父亲母亲的膝下怀前,姊妹弟兄的行间队里,快乐甜柔的时光之中,能联想到海外万里有一个热情忠实的朋友,独在恼人凄清的天气中,不能享得这般浓福,则你们一瞥时的天真的怜念,从宇宙之灵中,已遥遥的付与我以极大无量的快乐与慰安!

　　小朋友,但凡我有工夫,一定不使这通讯有长期间的间断。若是间断的时候长了些,也请你们饶恕我。因为我若不是在童心来复的一刹那顷拿起笔来,我决不敢以成人烦杂之心,来写这通讯。这一层是要请你们体恤怜悯的。

　　这信该收束了,我心中莫可名状,我觉得非常的荣幸!

冰　心
一九二三年七月二十五日

通 讯 二

小朋友们:

　　我极不愿在第二次的通讯里,便劈头告诉你们一件伤心的事情。然而这件事,从去年起,使我的灵魂受了隐痛,直到现在,不容我不在纯洁的小朋友面前忏悔。

　　去年的一个春夜——很清闲的一夜,已过了九点钟了,弟弟们都已去睡觉,只我的父亲和母亲对坐在圆桌旁边,看书,吃果点,谈话。我自己也拿着一本书,倚在椅背上站着看。那时一切都很和柔,很安静的。

　　一只小鼠,悄悄地从桌子底下出来,慢慢的吃着地上的饼屑。这鼠小得很,它无猜的,坦然的,一边吃着,一边抬头看看我——我惊悦的唤起来,母亲和父亲都向下注视了。四面眼光之中,它仍是怡然的不走,灯影下照见它很小很小,浅灰色的嫩毛,灵便的小身体,一双闪烁的明亮的小眼睛。

　　小朋友们,请容我忏悔!一刹那顷我神经错乱的俯将下去,拿着手里的书,轻轻地将它盖上。——上帝!它竟然不走。隔着书页,我觉得它柔软的小身体,无抵抗的蜷伏在地上。

　　这完全出于我意料之外了!我按着它的手,方在微颤——母亲已连忙说:"何苦来!这么驯良有趣的一个小活物……"话犹未了,小狗虎儿从帘外跳将进来。父亲也连忙说:"快放手,虎儿要得着它了!"我又神经错乱的拿起书来,可恨呵!它仍是怡然的不动。——一声喜悦的微吼,虎儿已扑着它,不容我唤住,已衔着它从帘隙里又钻了出去。出到门外,只听得它在虎儿口里微弱凄苦的啾啾的叫了几声,此后便没有了声息。——前后不到一分钟,这温柔的小活物,使我心上飕的着了一箭!

中国 20 世纪名家散文经典

我从惊惶中长吁了一口气。母亲慢慢也放下手里的书，抬头看着我说："我看它实在小得很，无机得很。否则一定跑了。初次出来觅食，不见回来，它母亲在窝里，不定怎样的想望呢。"

小朋友，我堕落了，我实在堕落了！我若是和你们一般年纪的时候，听得这话，一定要慢慢的挪过去，突然的扑在母亲怀中痛哭。然而我那时……小朋友们恕我！我只装作不介意的笑了一笑。

安息的时候到了，我回到卧室里去。勉强的笑，增加了我的罪孽，我徘徊了半天，心里不知怎样才好——我没有换衣服，只倚在床沿，伏在枕上，在这种状态之下，静默了有十五分钟——我至终流下泪来。

至今已是一年多了，有时读书至夜深，再看见有鼠子出来，我总觉得忧愧，几乎要避开。我总想是那只小鼠的母亲，含着伤心之泪，夜夜出来找它，要带它回去。

不但这个，看见虎儿时想起，夜坐时也想起，这印象在我心中时时作痛。有一次禁受不住，便对一个成人的朋友，说了出来；我拼着受她一场责备，好减除我些痛苦。不想她却失笑着说："你真是越来越孩子气了，针尖大的事，也值得说说！"她漠然的笑容，竟将我以下的话，拦了回去。从那时起，我灰心绝望，我没有向第二个成人，再提起这针尖大的事！

我小时曾为一头折足的蟋蟀流泪，为一只受伤的黄雀鸣咽；我小时明白一切生命，在造物者眼中是一般大小的；我小时未曾作过不仁爱的事情，但如今堕落了……

今天都在你们面前陈诉承认了，严正的小朋友，请你们裁判罢！

冰　心

一九二三年七月二十八日，北京

通　讯　三

亲爱的小朋友：

昨天下午离开了家，我如同入梦一般。车转过街角的时候，我回头凝望着——除非是再看见这绿满豆叶的棚下的一切亲爱的人，我这梦是不能醒的了！

送我的尽是小孩子——从家里出来，同车的也是小孩子，车前车后也是小孩子。我深深觉得凄恻中的光荣。冰心何福，得这些小孩子天真纯洁的爱，消受这甚深而不牵累的离情。

火车还没有开行，小弟弟冰季别到临头，才知道难过，不住的牵着冰叔的衣袖,说:"哥哥,我们回去罢。"他酸泪盈眸,远远的站着。我叫过他来,捧住了他的脸,我又无力的放下手来,他们便走了。——我们至终没有一句话。

慢慢的火车出了站,一边城墙,一边杨柳,从我眼前飞过。我心沉沉如死,倒觉得廓然,便拿起国语文学史来看。刚翻到"卿云烂兮"一段,忽然看见书页上的空白处写着几个大字:"别忘了小小"。我的心忽然一酸,连忙抛了书,走到对面的椅子上坐下——这是冰季的笔迹呵!小弟弟,如何还困弄我于别离之后?

夜中只是睡不稳,几次坐起,开起窗来,只有模糊的半圆的月,照着深黑无际的田野。——车只风驰电掣的,轮声轧轧里,奔向着无限的前途。明月和我,一步一步的离家远了!

今早过济南,我五时便起来,对窗整发。外望远山连绵不断,都没在朝霭里,淡到欲无。只浅蓝色的山峰一线,横亘天空。山坳里人家的炊烟,濛濛的屯在谷中,如同云起。朝阳极光明的照临在无边的整齐青绿的田畦上。我梳洗毕凭窗站了半点钟,在这庄严伟大的环境中,我只能默然低头,赞美万能智慧的造物者。

过泰安府以后,朝露还零。各站台都在浓阴之中,最有古趣,最清幽。到此我才下车稍稍散步,远望泰山,悠然神往。默诵"高山仰止,景行行止,虽不能至,心向往之"四句,反复了好几遍。

自此以后,站台上时闻皮靴拖踏声,刀枪相触声,又见黄衣灰衣的兵丁,成队的来往梭巡。我忽然忆起临城劫车的事,知道快到抱犊冈了,我切愿一见那些持刀背剑来去如飞的人。我这时心中只憬憧着梁山泊好汉的生活,武松、林冲、鲁智深的生活。我不是羡慕什么分金阁,剥皮亭,我羡慕那种激越豪放、大刀阔斧的胸襟!

因此我走出去,问那站在两车挂接处荷枪带弹的兵丁。他说快到临城了,抱犊冈远在几十里外,车上是看不见的。他和我说话极温和,说的是纯正的山东话。我如同远客听到乡音一般,起了无名的喜悦。——山东是我灵魂上的故乡,我只喜欢忠恳的山东人,听那生怯的山东话。

一站一站的近江南了,我旅行的快乐,已经开始。这次我特意定的自己一间房子,为的要自由一些,安静一些,好写些通讯。我靠在长枕上,近窗坐着。向阳那边的窗帘,都严严的掩上。对面一边,为要看风景,便开了一半。凉风徐来,这房里寂静幽阴已极。除了单调的轮声以外,与我家中的书室无异。窗内虽然没有满架的书,而窗外却旋转着伟大的自然。笔在手里,句在心里,只要我不按铃,便没有人进来搅我。龚定庵有句云:"……都道西湖清怨极,谁分这般浓福?……"今早这样恬静喜悦的心境,是我所梦想不到的。

书此不但自慰,并以慰弟弟们和记念我的小朋友。

冰　心
一九二三年八月四日,津浦道中

通讯 四

小朋友:

　　好容易到了临城站,我走出车外。只看见一大队兵,打着红旗,上面写着"……第二营……"又放炮仗,又吹喇叭;此外站外只是远山田垄,更没有什么。我很失望,我竟不曾看见一个穿夜行衣服,带镖背剑,来去如飞的人。

　　自此以南,浮云蔽日。轨道旁时有小湫。也有小孩子,在水里洗澡游戏。更有小女孩,戴着大红花,坐在水边树底作活计,那低头穿线的情景,煞是温柔可爱。

　　过南宿州至蚌埠,轨道两旁,雨水成湖。湖上时有小舟来往。无际的微波,映着落日,那景物美到不可描画。——自此人民的口音,渐渐的改了,我也渐渐的觉得心怯,也不知道为什么。

　　过金陵正是夜间,上下车之顷,只见隔江灯火灿然。我只想象着城内的秦淮莫愁,而我所能看见的,只是长桥下微击船舷的黄波浪。

　　五日绝早过苏州。两夜失眠,烦困已极,而窗外风景,浸入我倦乏的心中,使我悠然如醉。江水伸入田垄,远远几架水车,一簇一簇的茅亭农舍,树围水绕,自成一村。水漾轻波,树枝低桠。当几个农妇挑着担儿,荷着锄儿,从那边走过之时,真不知是诗是画!

　　有时远见大江,江帆点点,在晓日之下,清极秀极。我素喜北方风物,至此也不得不倾倒于江南之雅澹温柔。

　　晨七时半到了上海,又有小孩子来接,一声"姑姑",予我以无限的欢喜。——到此已经四五天了,休息之后,俗事又忙个不了。今夜夜凉如水,灯下只有我自己。在此静夜极难得,许多姊妹兄弟,知道我来,多在夜间来找我乘凉闲话。我三次拿起笔来,都因门环响中止,凭阑下视,又是哥哥姊姊来看望我的。我慰悦而又惆怅,因为三次延搁了我所乐意写的通讯。

　　这只是沿途的经历,感想还多,不愿在忙中写过,以后再说。夜深了,容我说晚安罢!

冰　心
一九二三年八月九日,上海

通讯五

小朋友：

　　早晨五时起来，趁着人静，我清明在躬之时，来写几个字。

　　这次过蚌埠，有母女二人上车，茶房直引她们到我屋里来。她们带着好几个提篮，内中一个满圈着小鸡。那时车中热极，小鸡都纷纷的伸出头来喘气，那个女儿不住的又将它们按下去。她手脚匆忙，好似弹琴一般。那女儿二十上下年纪，穿着一套麻纱的衣服，一脸的麻子，又满扑着粉，头上手上戴满了簪子，耳珥，戒指，镯子之类，说话时善能作态。我那时也不知是因为天热，心中烦躁，还是什么别的缘故，只觉得那女孩儿太不可爱。我没有同她招呼，只望着窗外，一回头正见她们谈着话，那女孩儿不住撒娇撒痴的要汤要水；她母亲穿一套青色香云纱的衣服，五十岁上下，面目蔼然，和她谈话的态度，又似爱怜，又似斥责。我旁观忽然心里难过，趁有她们在屋，便走了出去——小朋友！我想起我的母亲，不觉凭在甬道的窗边，临风偷洒了几点酸泪。

　　请容我倾吐，我信世界上只有你们不笑话我！我自从去年得有远行的消息以后，我背着母亲，天天数着日子。日子一天一天的过了，我也渐渐的瘦了。大人们常常安慰我说："不要紧的，这是好事！"我何尝不知道是好事？叫我说起来，恐怕比他们说的还动听。然而我终竟是个弱者，弱者中最弱的一个。我时常暗恨我自己！临行之前，到姨母家里去，姨母一面张罗我就坐吃茶，一面笑问："你走了，舍得母亲么？"我也从容的笑说："那没有什么，日子又短，那边还有人照应。"——等到姨母出去，小表妹忽然走到我面前，两手按在我的膝上，仰着脸说："姊姊，是么？你真舍得母亲么？"我那时忽然禁制不住，看着她那智慧诚挚的脸，眼泪直奔涌了出来。我好似要堕下深崖，求她牵援一般。我坚握着她的小手，低声说："不瞒你说，妹妹，我舍不得母亲，舍不得一切亲爱的人！"

　　小朋友！大人们真是可钦羡的，他们的眼泪是轻易不落下来的，他们又勇敢，又大方。在我极难过的时候，我的父亲母亲，还能从容不迫的劝我。虽不知背地里如何，那时总算体恤，坚忍，我感激至于无地！

　　我虽是弱者，我还有我自己的傲岸，我还不肯在不相干的大人前，披露我的弱点。行前和一切师长朋友的谈话，总是喜笑着说的。我不愿以我的至情，来受他们的讥笑。然而我却愿以此在上帝和小朋友面前乞得几点神圣的同情的眼泪！

中国 20 世纪名家散文经典

窗外是斜风细雨,写到这时,我已经把持不住。同情的小朋友,再谈罢!

冰　心
一九二三年八月十二日,上海

通　讯　六

小朋友:

你们读到这封信时,我已离开了可爱的海棠叶形的祖国,在太平洋舟中了。我今日心厌凄恋的言词,再不说什么话,来缭乱你们简单的意绪。

小朋友,我有一个建议:"儿童世界"栏,是为儿童辟的,原当是儿童写给儿童看的。我们正不妨得寸进寸、得尺进尺的,竭力占领这方土地。有什么可喜乐的事情,不妨说出来,让天下小孩子一同笑笑;有什么可悲哀的事情,也不妨说出来,让天下小孩子陪着哭哭。只管坦然公然的,大人前无须畏缩。——小朋友,这是我们积蓄的秘密,容我们低声匿笑的说罢!大人的思想,竟是极高深奥妙的,不是我们所能以测度的。不知道为什么,他们的是非,往往和我们的颠倒。往往我们所以为刺心刻骨的,他们却雍容谈笑的不理;我们所以为是渺小无关的,他们却以为是惊天动地的事功。比如说罢,开炮打仗,死了伤了几万几千的人,血肉模糊的卧在地上。我们不必看见,只要听人说了,就要心悸,夜里要睡不着,或是说呓语的;他们却不但不在意,而且很喜欢操纵这些事。又如我们觉得老大的中国,不拘谁作总统,只要他老老实实,治抚得大家平平安安的,不妨碍我们的游戏,我们就心满意足了;而大人们却奔走辛苦的谈论这件事,他举他,他推他,乱个不了,比我们玩耍时举"小人王"还难。总而言之,他们的事,我们不敢管,也不会管;我们的事,他们竟是不屑管。所以我们大可畅胆的谈谈笑笑,不必怕他们笑话。——我的话完了,请小朋友拍手赞成!

我这一方面呢?除了一星期后,或者能从日本寄回信来之外,往后两个月中,因为道远信件迟滞的关系,恐怕不能有什么消息。秋风渐凉,最宜书写,望你们努力!

在上海还有许多有意思的事,要报告给你们,可惜我太忙,大约要留着在船上,对着大海,慢慢的写,请等待着。

小朋友!明天午后,真个别离了!愿上帝无私照临的爱光,永远包围着我们,永远温慰着我们。

别了,别了,最后的一句话,愿大家努力作个好孩子!

冰 心

一九二三年八月十六日,上海

通讯七

亲爱的小朋友:

八月十七的下午,约克逊号邮船无数的窗眼里,飞出五色飘扬的纸带,远远的抛到岸上,任凭送别的人牵住的时候,我的心是如何的飞扬而凄恻!

痴绝的无数的送别者,在最远的江岸,仅仅牵着这终于断绝的纸条儿,放这庞然大物,载着最重的离愁,飘然西去!

船上生活,是如何的清新而活泼。除了三餐外,只是随意游戏散步。海上的头三日,我竟完全回到小孩子的境地中去了,套圈子,抛沙袋,乐此不疲,过后又绝然不玩了。后来自己回想很奇怪,无他,海唤起了我童年的回忆,海波声中,童心和游伴都跳跃到我脑中来。我十分的恨这次舟中没有几个小孩子,使我童心来复的三天中,有无猜畅好的游戏!

我自少住在海滨,却没有看见过海平如镜。这次出了吴淞口,一天的航程,一望无际尽是粼粼的微波。凉风习习,舟如在冰上行。到过了高丽界,海水竟似湖光。蓝极绿极,凝成一片。斜阳的金光,长蛇般自天边直接到阑旁人立处。上自穹苍,下至船前的水,自浅红至于深翠,幻成几十色,一层层,一片片的漾开了来。……小朋友,恨我不能画,文字竟是世界上最无用的东西,写不出这空灵的妙景!

八月十八夜,正是双星渡河之夕。晚餐后独倚阑旁,凉风吹衣。银河一片星光,照到深黑的海上。远远听得楼阑下人声笑语,忽然感到家乡渐远。繁星闪烁着,海波吟啸着,凝立悄然,只有惆怅。

十九日黄昏,已近神户,两岸青山,不时有渔舟往来。日本的小山多半是圆扁的,大家说笑,便道是"馒头山"。这馒头山沿途点缀,直到夜里,远望灯光灿然,已抵神户。船徐徐停住,便有许多人上岸去。我因太晚,只自己又到最高层上,初次看见这般璀璨的世界,天上微月的光,和星光,岸上的灯光,无声相映。不时的还有一串光明从山上横飞过,想是火车周行。……舟中寂然,今夜没有海潮音,静极心绪忽起:"倘若此时母亲也在这里……"。我极清晰的忆起北京来,小朋友,恕我,不能往下再写了。

冰 心

一九二三年八月二十日,神户

中国 20 世纪名家散文经典

朝阳下转过一碧无际的草坡,穿过深林,已觉得湖上风来,湖波不是昨夜欲睡如醉的样子了。——悄然的坐在湖岸上,伸开纸,拿起笔,抬起头来,四围红叶中,四面水声里,我要开始写信给我久违的小朋友。小朋友猜我的心情是怎样的呢?

水面闪烁着点点的银光,对岸意大利花园里亭亭层列的松树,都证明我已在万里外。小朋友,到此已逾一月了,便是在日本也未曾寄过一字,说是对不起呢,我又不愿!

我平时写作,喜在人静的时候。船上却处处是公共的地方,舱面阑边,人人可以来到。海景极好,心胸却难得清平。我只能在晨间绝早,船面无人时,随意写几个字,堆积至今,总不能整理,也不愿草草整理,便迟延到了今日。我是尊重小朋友的,想小朋友也能尊重原谅我!

许多话不知从哪里说起,而一声声打击湖岸的微波,一层层的没上杂立的潮石,直到我蔽膝的毡边来,似乎要求我将她介绍给我的小朋友。小朋友,我真不知如何的形容介绍她!她现在横在我的眼前。湖上的明月和落日,湖上的浓阴和微雨,我都见过了,真是仪态万千。小朋友,我的亲爱的人都不在这里,便只有她——海的女儿,能慰安我了。Lake Waban,谐音会意,我便唤她作"慰冰"。每日黄昏的游泛,舟轻如羽,水柔如不胜桨。岸上四围的树叶,绿的,红的,黄的,白的,一丛一丛的倒影到水中来,覆盖了半湖秋水。夕阳下极其艳冶,极其柔媚。将落的金光,到了树梢,散在湖面。我在湖上光雾中,低低的嘱咐它,带我的爱和慰安,一同和它到远东去。

小朋友!海上半月,湖上也过半月了,若问我爱哪一个更甚,这却难说。——海好像我的母亲,湖是我的朋友。我和海亲近在童年,和湖亲近是现在。海是深阔无际,不着一字,她的爱是神秘而伟大的,我对她的爱是归心低首的。湖是红叶绿枝,有许多衬托,她的爱是温和妩媚的,我对她的爱是清淡相照的。这也许太抽象,然而我没有别的话来形容了!

小朋友,两月之别,你们自己写了多少,母亲怀中的乐趣,可以说来让我听听么?——这便算是沿途书信的小序。此后仍将那写好的信,按序寄上,日月和地方,都因其旧,"弱游"的我,如何自太平洋东岸的上海绕到大西洋东岸的波士顿来,这些信中说得很清楚,请在那里看罢!

不知这几百个字,何时方达到你们那里,世界真是太大了!

冰　心

一九二三年十月十四日,慰冰湖畔,威尔斯利

通讯八

亲爱的弟弟们：

波士顿一天一天的下着秋雨，好像永没有开晴的日子。落叶红的黄的堆积在小径上，有一寸来厚，踏下去又湿又软。湖畔是少去的了，然而还是一天一遭。很长很静的道上，自己走着，听着雨点打在伞上的声音。有时自笑不知这般独往独来，冒雨迎风，是何目的！走到了，石矶上，树根上，都是湿的，没有坐处，只能站立一会，望着蒙蒙的雾。湖水白极淡极，四围湖岸的树，都隐没不见，看不出湖的大小，倒觉得神秘。

回来已是天晚，放下绿帘，开了灯，看中国诗词，和新寄来的晨报副镌，看到亲切处，竟然忘却身在异国。听得敲门，一声"请进"，回头却是金发蓝睛的女孩子，笑颊粲然的立于明灯之下，常常使我猛觉，笑而吁气！

正不知北京怎样，中国又怎样了？怎么在国内的时候，不曾这样的关心？——前几天早晨，在湖边石上读华兹华斯（Wordsworth）的一首诗，题目是《我在不相识的人中间旅行》：

"I travelled among unknown men"
I travelled among unknown men,
 In land beyond the sea,
 Nor, England! did I know till then
 What love I bore to thee.

大意是：

直至到了海外，
 在不相识的人中间旅行；
英格兰！我才知道我付与你的
 是何等样的爱。

读此使我恍然如有所得，又怅然如有所失。是呵，不相识的！湖畔归来，远远几簇楼窗的灯火，繁星般的灿烂，但不曾与我以丝毫慰藉的光气！

想起北京城里此时街上正听着卖葡萄，卖枣的声音呢！我真是不堪，在家时黄昏睡起，秋风中听此，往往凄动不宁。有一次似乎是星期日的下午，

你们都到安定门外泛舟去了,我自己廊上凝坐,秋风侵衣。一声声卖枣声墙外传来,觉得十分黯淡无趣。正不解为何这般寂寞,忽然你们的笑语喧哗也从墙外传来,我的惆怅,立时消散。自那时起,我承认你们是我的快乐和慰安,我也明白只要人心中有了春气,秋风是不会引人愁思的。但那时却不曾说与你们知道。今日偶然又想起来,这里虽没有卖葡萄甜枣的声响,而窗外风雨交加。——为着人生,不得不别离,却又禁不起别离,你们何以慰我?……一天两次,带着钥匙,忧喜参半的下楼到信橱前去,隔着玻璃,看不见一张白纸。又近看了看,实在没有。无精打采的挪上楼来,不止一次了!明知万里路,不能天天有信,而这两次终不肯不走,你们何以慰我?

夜渐长了,正是读书的好时候,愿隔着地球,和你们一同勉励着在晚餐后一定的时刻用功。只恐我在灯下时,你们却在课室里——回家千万常在母亲跟前!这种光阴是贵过黄金的,不要轻轻抛掷过去,要知道海外的姊姊,是如何的羡慕你们!——往常在家里,夜中写字看书,只管漫无限制,横竖到了休息时间,父亲或母亲就会来催促的,搁笔一笑,觉得乐极。如今到了夜深人倦的时候,只能无聊的自己收拾收拾,去作那还乡的梦。弟弟!想着我,更应当尽量消受你们眼前欢愉的生活!

菊花上市,父亲又忙了。今年种得多不多?我案头只有水仙花,还没有开,总是含苞,总是希望,当常引起我的喜悦。

快到晚餐的时候了。美国的女孩子,真爱打扮,尤其是夜间。第一遍钟响,就忙着穿衣敷粉,纷纷晚妆。夜夜晚餐桌上,个个花枝招展的。"巧笑倩兮,美目盼兮,彼美人兮,西方之人兮。"我曾戏译这四句诗给她们听。攒三聚五的凝神向我,听罢相顾,无不欢笑。

不多说什么了,只有"珍重"二字,愿彼此牢牢守着!

冰 心
一九二三年十月二十四日夜,闭璧楼

倘若你们愿意,不妨将这封信分给我们的小朋友看看。途中书信,正在整理,一两天内,不见得能写寄。将此塞责,也是慰情聊胜无呵!又书。

通 讯 九

这是我姊姊由病院寄给父亲的一封信,描写她病中的生活和感想,真是比日记还详。我想她病了,一定不能常写信给"儿童世

中国 20 世纪名家散文经典

界"的小读者。也一定有许多的小读者,希望得着她的消息。所以我请于父亲,将她这封信发表。父亲允许了,我就略加声明当作小引,想姊姊不至责我多事?

一九二四年一月二十二日,冰仲,北京交大。

亲爱的父亲:

我不愿告诉我的恩慈的父亲,我现在是在病院里;然而尤不愿有我的任一件事,隐瞒着不叫父亲知道!横竖信到日,我一定已经痊愈,病中的经过,正不妨作记事看。

自然又是旧病了,这病是从母亲来的。我病中没有分毫不适,我只感谢上苍,使母亲和我的体质上,有这样不模糊的连结。血赤是我们的心,是我们的爱,我爱母亲,也并爱了我的病!

前两天的夜里——病院中没有日月,我也想不起来——S女士请我去晚餐。在她小小的书室里,灭了灯,燃着闪闪的烛,对着熊熊的壁炉的柴火,谈着东方人的故事。——一回头我看见一轮淡黄的月,从窗外正照着我们;上下两片轻绡似的白云,将她托住。S女士也回头惊喜赞叹,匆匆的饮了咖啡,披上外衣,一同走了出去。——原来不仅月光如水,疏星也在天河边闪烁。

她指点给我看:那边是织女,那个是牵牛,还有仙女星,猎户星,孪生的兄弟星,王后星,末后她悄然的微笑说:"这些星星方位和名字,我一一牢牢记住。到我衰老不能行走的时候,我卧在床上,看着疏星从我窗外度过,那时便也和同老友相见一般的喜悦。"她说着起了微喟。月光照着她飘扬的银白的发,我已经微微的起了感触:如何的凄清又带着诗意的句子呵!

我问她如何会认得这些星辰的名字,她说是因为她的弟弟是航海家的缘故,这时父亲已横上我的心头了!

记否去年的一个冬夜,我同母亲夜坐,父亲回来的很晚。我迎着走进中门,朔风中父亲带我立在院里,也指点给我看:这边是天狗,那边是北斗,那边是箕星。那时我觉得父亲的智慧是无限的,知道天空缥缈之中,一切微妙的事,——又是一年了!

月光中S女士送我回去,上下的曲径上,缓缓的走着。我心中悄然不怡——半夜便病了。

早晨还起来,早餐后又卧下。午后还上了一课,课后走了出来,天气好似早春,慰冰湖波光荡漾。我慢慢的走到湖旁,临流坐下,觉得弱又无聊。晚霞和湖波的细响,勉强振起我的精神来,黄昏时才回去。夜里九时,她们发觉了,立时送我入了病院。

中国20世纪名家散文经典

医院是在小山上学校的范围之中,夜中到来看不真切。医生和看护妇在灯光下注视着我的微微的笑容,使我感到一种无名的感觉。——一夜很好,安睡到了天晓。

早晨绝早,看护妇抱着一大束黄色的雏菊,是闭璧楼同学送来的。我忽然下泪忆起在国内病时床前的花了,——这是第一次。

这一天中睡的时候最多,但是花和信,不断的来,不多时便屋里满了清香。玫瑰也有,菊花也有,还有许多不知名的。每封信都很有趣味,但信末的名字我多半不认识。因为同学多了,只认得面庞,名字实在难记!

我情愿在这里病,饮食很精良,调理的又细心。我一切不必自己劳神,连头都是人家替我梳的。我的床一日推移几次,早晨便推近窗前。外望看见礼拜堂红色的屋顶和塔尖,看见图书馆,更隐隐的看见了慰冰湖对岸秋叶落尽,楼台也露了出来。近窗有一株很高的树,不知道是什么名字。昨日早上,我看见一只红头花翎的啄木鸟,在枝上站着,好一会才飞走。又看见一头很小的松鼠,在上面往来跳跃。

从看护妇递给我的信中,知道许多师长同学来看我,都被医生拒绝了。我自此便闭居在这小楼里,——这屋里清雅绝尘,有加无已的花,把我围将起来。我神志很清明,却又混沌,一切感想都不起,只停在"臣门如市,臣心如水"的状态之中。

何从说起呢?不时听得电话的铃声响:

"……医院……她么?……很重要……不许接见……眠食极好,最要的是静养,……书等明天送来罢,……花和短信是可以的……"

差不多都是一样的话,我倚枕模糊可以听见。猛忆起今夏病的时候,电话也一样的响,冰仲弟说:

"姊姊么——好多了,谢谢!"

觉得我真是多事,到处叫人家替我忙碌——这一天在半醒半睡中度过。

第二天头一句问看护妇的话,便是"今天许我写字么?"她笑说:"可以的,但不要写的太长。"我喜出望外,第一封便写给家里,报告我平安。不是我想隐瞒,因不知从哪里说起。第二封便给了闭璧楼九十六个"西方之人兮"的女孩子。我说:

"感谢你们的信和花带来的爱! ——我卧在床上,用悠暇的目光,远远看着湖水,看着天空。偶然也看见草地上,图书馆,礼堂门口进出的你们。我如何的幸福呢?没有那几十页的诗,当功课的读。没有晨兴钟,促我起来。我闲闲的背着诗句,看日影渐淡,夜中星辰当着我的窗户;如不是因为想你们,我真不想回去了!"

53

信和花仍是不断的来。黄昏时看护妇进来,四顾室中,她笑着说:"这屋里成了花窖了。"我喜悦的也报以一笑。

我素来是不大喜欢菊花的香气的,竟不知她和着玫瑰花香拂到我的脸上时,会这样的甜美而浓烈!——这时趁了我的心愿了!日长昼永,万籁无声。一室之内,唯有花与我。在天然的禁令之中,杜门谢客,过我的清闲回忆的光阴。

把往事一一提起,无一不使我生美满的微笑。我感谢上苍:过去的二十年中,使我一无遗憾,只有这次的别离,忆起有些儿惊心!

B夫人早晨从波士顿赶来,只有她闯入这清严的禁地里。医生只许她说,不许我说。她双眼含泪,苍白无主的面颜对着我,说:"本想我们有一个最快乐的感恩节……然而不要紧的,等你好了,我们另有一个……"

我握着她的手,沉静的不说一句话。等她放好了花,频频回顾的出去之后,望着那"母爱"的后影,我潸然泪下——这是第二次。

夜中绝好,是最难忘之一夜。在众香国中,花气氤氲。我请看护妇将两盏明灯都开了,灯光下,床边四围,浅绿浓红,争妍斗媚,如低眉,如含笑。窗外严净的天空里,疏星炯炯,枯枝在微风中,颤摇有声。我凝然肃然,此时此心可朝天帝!

猛忆起两句:

消受白莲花世界,
风来四面卧中央。

这福是不能多消受的!果然,看护妇微笑的进来,开了窗,放下帘子,挪好了床,便一瓶一瓶的都抱了出去,回头含笑对我说:"太香了,于你不宜,而且夜中这屋里太冷。"——我只得笑着点首,然终留下了一瓶玫瑰,放在窗台上。在黑暗中,她似乎知道现在独有她慰藉我,便一夜的温香不断——

"花怕冷,我便不怕冷么?"我因失望起了疑问,转念我原是不应怕冷的,便又寂然心喜。

日间多眠,夜里便十分清醒。到了连书都不许看时,才知道能背诵诗句的好处,几次听见车声隆隆走过,我忆起:

中国20世纪名家散文经典

　　　　水调歌从邻院度，
　　　　雷声车是梦中过。

朋友们送来一本书，是
　　　　Student's Book of Inspiration
内中有一段恍惚说：
"世界上最难忘的是自然之美，……有人能增加些美到世上去，这人便是天之骄子。"

真的，最难忘的是自然之美！今日黄昏时，窗外的慰冰湖，银海一般的闪烁，意态何等清寒？秋风中的枯枝，丛立在湖岸上，何等疏远？秋云又是如何的幻丽？这广场上忽阴忽晴，我病中的心情，又是何等的飘忽无着？

沉黑中仍是满了花香，又忆起：

　　　　到死未消兰气息，
　　　　他生宜护玉精神！

父亲！这两句我不应写了出来，或者会使你生无谓的难过。但我欲其真，当时实是这样忽然忆起来的。

没有这般的孤立过，连朋友都隔绝了，但读信又是怎样的有趣呢？
一个美国朋友写着：
"从村里回来，到你屋去，竟是空空。我几乎哭了出来！看见你相片立在桌上，我也难过。告诉我，有什么我能替你作的事情，我十分乐意听你的命令！"
又一个写着说：
"感恩节近了，快康健起来罢！大家都想你，你长在我们的心里！"
但一个日本的朋友写着：
"生命是无定的，人们有时虽觉得很近，实际上却是很远。你和我隔绝了，但我觉得你是常常近着我！"
中国朋友说：
"今天怎么样，要看什么中国书么？"
都只寥寥数字，竟可见出国民性——一夜从杂乱的思想中度过。

清早的时候,扫除橡叶的马车声,辗破晓静。我又忆起:

> 马蹄隐隐声隆隆,
> 入门下马气如虹。

底下自然又连带到:

> 我今垂翅负天鸿,
> 他日不羞蛇作龙!

这时天色便大明了。

今天是感恩节,窗外的树枝都结上严霜,晨光熹微,湖波也凝而不流,作出初冬天气。——今天草场上断绝人行,个个都回家过节去了。美国的感恩节如同我们的中秋节一般,是家族聚会的日子。

父亲!我不敢说是"每逢佳节倍思亲",因为感恩节在我心中,并没有什么甚深的观念。然而病中心情,今日是很惆怅的。花影在壁,花香在衣。濛濛的朝霭中,我默望窗外,万物无语,我不禁泪下。——这是第三次。

幸而我素来是不喜热闹的。每逢佳节,就想到幽静的地方去。今年此日避到这小楼里,也是清福。昨天偶然忆起辛幼安的《青玉案》:

> 众里寻他千百度——
> 蓦然回首,
> 那人却在
> 灯火阑珊处。

我随手便记在一本书上,并附了几个字:
"明天是感恩节,人家都寻欢乐去了,我却闭居在这小楼里。然而忆到这孤芳自赏,别有怀抱的句子,又不禁喜悦的笑了。"

花香缠绕笔端,终日寂然。我这封信时作时辍,也用了一天工夫。医生替我回绝了许多朋友,我恍惚听见她电话里说:
"她今天看着中国的诗,很平静,很喜悦!"

中国20世纪名家散文经典

我便笑了,我昨天倒是看诗,今天却是拿书遮着我的信纸。父亲!我又淘气了!

看护妇的严净的白衣,忽然现在我的床前。她又送一束花来给我——同时她发觉了我写了许多,笑着便来禁止,我无法奈她何。——她走了,她实是一个最可爱的女子,当她在屋里躞蹀之顷,无端有"身长玉立"四字浮上脑海。

当父亲读到这封信时,我已生龙活虎般在雪中游戏了,不要以我置念罢!——寄我的爱与家中一切的人!我记念着他们每一个!

这回真不写了,——父亲记否我少时的一夜,黑暗里跑到山上的旗台上去找父亲,一星灯火里,我们在山上下彼此唤着。我一忆起,心中就充满了爱感。如今是隔着我们挚爱的海洋呼唤着了!亲爱的父亲,再谈罢,也许明天我又写信给你!

女儿莹倚枕
一九二三年十一月二十九日

通讯十

亲爱的小朋友:

我常喜欢挨坐在母亲的旁边,挽住她的衣袖,央求她述说我幼年的事。

母亲凝想地,含笑地,低低地说:

"不过有三个月罢了,偏已是这般多病。听见端药杯的人的脚步声,已知道惊怕啼哭。许多人围在床前,乞怜的眼光,不望着别人,只向着我,似乎已经从人群里认识了你的母亲!"

这时眼泪已湿了我们两个人的眼角!

"你的弥月到了,穿着舅母送的水红绸子的衣服,戴着青缎沿边的大红帽子,抱出到厅堂前。因看你丰满红润的面庞,使我在姊妹妯娌群中,起了骄傲。

"只有七个月,我们都在海舟上,我抱你站在阑旁。海波声中,你已会呼唤'妈妈'和'姊姊'。"

对于这件事,父亲和母亲还不时的起争论。父亲说世上没有七个月会说话的孩子。母亲坚执说是的。在我们家庭历史中,这事至今是件疑案。

"浓睡之中猛然听得丐妇求乞的声音,以为母亲已被她们带去了。冷汗被面的惊坐起来,脸和唇都青了,呜咽不能成声。我从后屋连忙进来,珍重的揽住,经过了无数的解释和安慰。自此后,便是睡着,我也不敢轻易的离开你的床前。"

这一节,我仿佛记得,我听时写时都重新起了呜咽!

"有一次你病得重极了。地上铺着席子,我抱着你在上面膝行。正是暑月,你父亲又不在家。你断断续续说的几句话,都不是三岁的孩子所能够说的。因着你奇异的智慧,增加了我无名的恐怖。我打电报给你父亲,说我身体和灵魂上都已不能再支持。忽然一阵大风雨,深忧的我,重病的你,和你疲乏的乳母,都沉沉的睡了一大觉。这一番风雨,把你又从死神的怀抱里,接了过来。"

我不信我智慧,我又信我智慧!母亲以智慧的眼光,看万物都是智慧的,何况她的唯一挚爱的女儿?

"头发又短,又没有一刻肯安静。早晨这左右两个小辫子,总是梳不起来。没有法子,父亲就来帮忙:'站好了,站好了,要照相了!'父亲拿着照相匣子,假作照着。又短又粗的两个小辫子,好容易天天这样的将就的编好了。"

我奇怪我竟不懂得向父亲索要我每天照的相片!

"陈妈的女儿宝姐,是你的好朋友。她来了,我就关你们两个人在屋里,我自己睡午觉。等我醒来,一切的玩具,小人小马,都当作船,漂浮在脸盆的水里,地上已是水汪汪的。"

宝姐是我一个神秘的朋友,我自始至终不记得,不认识她。然而从母亲口里,我深深的爱了她。

"已经三岁了,或者快四岁了。父亲带你到他的兵舰上去,大家匆匆的替你换上衣服,你自己不知什么时候,把一只小木鹿,放在小靴子里。到船上只要父亲抱着,自己一步也不肯走。放到地上走时,只有一跛一跛的。大家奇怪了,脱下靴子,发现了小木鹿。父亲和他的许多朋友都笑了。——傻孩子!你怎么不会说?"

母亲笑了,我也伏在她的膝上羞愧的笑了。——回想起来,她的质问,和我的羞愧,都是一点理由没有的。十几年前事,提起当面前事说,真是无谓。然而那时我们中间弥漫了痴和爱!

"你最怕我凝神,我至今不知是什么缘故。每逢我凝望窗外,或是稍微的呆了一呆,你就过来呼唤我,摇撼我,说:'妈妈,你的眼睛怎么不动了?'我有时喜欢你来抱住我,便故意的凝神不动。"

我自己也不知道是什么缘故。也许母亲凝神,多是忧愁的时候,我要搅

乱她的思路,也未可知。——无论如何,这是个隐谜!"

"然而你自己却也喜凝神。天天吃着饭,呆呆的望着壁上的字画,桌上的钟和花瓶,一碗饭数米粒似的,吃了好几点钟。我急了,便把一切都挪移开。"

这件事我记得,而且很清楚,因为独坐沉思的脾气至今不改。

当她说这些事的时候,我总是脸上堆着笑,眼里满了泪,听完了用她的衣袖来印我的眼角,静静的伏在她的膝上。这时宇宙已经没有了,只母亲和我,最后我也没有了,只有母亲;因为我本是她的一部分!

这是如何可惊喜的事,从母亲口中,逐渐的发现了,完成了我自己!她从最初已知道我,认识我,喜爱我,在我不知道不承认世界上有个我的时候,她已爱上我了。我从三岁上,才慢慢的在宇宙中寻到了自己,爱了自己,认识了自己;然而我所知道的自己,不过是母亲意念中的百分之一,千万分之一。

小朋友!当你寻见了世界上有一个人,认识你,知道你,爱你,都千百倍的胜过你自己的时候,你怎能不感激,不流泪,不死心塌地的爱她,而且死心塌地的容她爱你?

有一次,幼小的我,忽然走到母亲面前,仰着脸问说:"妈妈,你到底为什么爱我?"母亲放下针线,用她的面颊,抵住我的前额,温柔地,不迟疑地说:"不为什么,——只因你是我的女儿!"

小朋友!我不信世界上还有人能说这句话!"不为什么"这四个字,从她口里说出来,何等刚决,何等无回旋!她爱我,不是因为我是"冰心",或是其他人世间的一切虚伪的称呼和名字!她的爱是不附带任何条件的,唯一的理由,就是我是她的女儿。总之,她的爱,是摒除一切,拂拭一切,层层的麾开我前后左右所蒙罩的,使我成为"今我"的原素,而直接的来爱我的自身!

假使我走至幕后,将我二十年的历史和一切都更变了,再走出到她面前,世界上纵没有一个人认识我,只要我仍是她的女儿,她就仍用她坚强无尽的爱来包围我。她爱我的肉体,她爱我的灵魂,她爱我前后左右,过去,将来,现在的一切!

天上的星辰,骤雨般落在大海上,嗤嗤繁响。海波如山一般的汹涌,一切楼屋都在地上旋转,天如同一张蓝纸卷了起来。树叶子满空飞舞,鸟儿归巢,走兽躲到它的洞穴。万象纷乱中,只要我能寻到她,投到她的怀里……天地一切都信她!她对于我的爱,不因着万物毁灭而更变!

她的爱不但包围我,而且普遍的包围着一切爱我的人;而且因着爱我,她也爱了天下的儿女,她更爱了天下的母亲。小朋友!告诉你一句小孩子以为是极浅显,而大人们以为是极高深的话,"世界便是这样的建造起来的!"

世界上没有两件事物,是完全相同的,同在你头上的两根丝发,也不能

一般长短。然而——请小朋友们和我同声赞美！只有普天下的母亲的爱，或隐或显，或出或没，不论你用斗量，用尺量，或是用心灵的度量衡来推测；我的母亲对于我，你的母亲对于你，她的和他的母亲对于她和他；她们的爱是一般的长阔高深，分毫都不差减。小朋友！我敢说，也敢信古往今来，没有一个敢来驳我这句话。当我发觉了这神圣的秘密的时候，我竟欢喜感动得伏案痛哭！

我的心潮，沸涌到最高度，我知道于我的病体是不相宜的，而且我更知道我所写的都不出乎你们的智慧范围之外。——窗外正是下着紧一阵慢一阵的秋雨，玫瑰花的香气，也正无声的赞美她们的"自然母亲"的爱！

我现在不在母亲的身畔，——但我知道她的爱没有一刻离开我，她自己也如此说！——暂时无从再打听关于我的幼年的消息；然而我会写信给我的母亲。我说："亲爱的母亲，请你将我所不知道的关于我的事，随时记下寄来给我。我现在正是考古家一般的，要从深知我的你口中，研究我神秘的自己。"

被上帝祝福的小朋友！你们正在母亲的怀里。——小朋友！我教给你，你看完了这一封信，放下报纸，就快快跑去找你的母亲——若是她出去了，就去坐在门槛上，静静的等她回来——不论在屋里或是院中，把她寻见了，你便上去攀住她，左右亲她的脸，你说："母亲！若是你有工夫，请你将我小时候的事情，说给我听！"等她坐下了，你便坐在她的膝上，倚在她的胸前，你听得见她心脉和缓的跳动，你仰着脸，会有无数关于你的，你所不知道的美妙的故事，从她口里天乐一般的唱将出来！

然后，——小朋友！我愿你告诉我，她对你所说的都是什么事。

我现在正病着，没有母亲坐在旁边，小朋友一定怜念我，然而我有说不尽的感谢！造物者将我交付给我母亲的时候，竟赋予了我以记忆的心才；现在又从忙碌的课程中替我匀出七日夜来，回想母亲的爱。我病中光阴，因着这回想，寸寸都是甜蜜的。

小朋友，再谈罢，致我的爱与你们的母亲！

你的朋友　冰心

一九二三年十二月五日晨，圣卜生疗养院，威尔斯利

通讯十一

小朋友：

从圣卜生医院寄你们一封长信之后，又是二十天了。十二月十三之晨，

中国20世纪名家散文经典

我心酸肠断,以为从此要尝些人生失望与悲哀的滋味,谁知却有这种柳暗花明的美景。但凡有知,能不感谢!

小朋友们知道我不幸病了,我却没有想到这病是须休息的,所以当医生缓缓的告诉我的时候,我几乎神经错乱。十三、十四两夜,凄清的新月,射到我的床上,瘦长的载霜的白杨树影,参错满窗。——我深深的觉出了宇宙间的凄楚与孤立。一年来的计划,全归泡影,连我自己一身也不知是何底止。秋风飒然,我的头垂在胸次。我竟恨了西半球的月,一次是中秋前后两夜,第二次便是现在了,我竟不知明月能伤人至此!

昏昏沉沉的过了两日,十五早起,看见遍地是雪,空中犹自飞舞,湖上凝阴,意态清绝。我肃然倚窗无语,对着慰冰纯洁的筏筵,竟麻木不知感谢。下午一乘轻车,几位师长带着心灰意懒的我,雪中驰过深林,上了青山(The Blue Hills)到了沙穰疗养院。

如今窗外不是湖了,是四围山色之中,丛密的松林,将这座楼圈将起来。清绝静绝,除了一天几次火车来往,一道很浓的白烟从两重山色中串过,隐隐的听见轮声之外,轻易没有什么声息。单弱的我,拼着颓然的在此住下了!

一天一天的过去觉得生活很特别。十二岁以前半玩半读的时候不算外,这总是第一次抛弃一切,完全来与"自然"相对。以读书,凝想,赏明月,看朝霞为日课。有时夜半醒来,万籁俱寂,皓月中天,悠然四顾,觉得心中一片空灵。我纵欲修心养性,哪得此半年空闲,幕天席地的日子,百忙中为我求安息,造物者!我对你安能不感谢?

日夜在空旷之中,我的注意就有了更动。早晨朝霞是否相同?夜中星辰曾否转移了位置?都成了我关心的事。在月亮左侧不远,一颗很光明的星,是每夜最使我注意的。自此稍右,三星一串,闪闪照人,想来不是"牵牛"就是"织女"。此外秋星窈窕,都罗列在我的枕前。就是我闭目宁睡之中,它们仍明明在上临照我,无声的环立,直到天明,将我交付与了朝霞,才又无声的历落隐入天光云影之中。

说到朝霞,我要搁笔,只能有无言的赞美。我所能说的就是朝霞颜色的变换,和晚霞恰恰相反。晚霞的颜色是自淡而浓,自金红而碧紫。朝霞的颜色是自浓而深,自青紫而深红,然后一轮朝日,从松岭捧将上来,大地上一切都从梦中醒觉。

便是不晴明的天气,夜卧听檐上夜雨,也是心宁气静。头两夜听雨的时候,忆起什么"……第一是难听夜雨!天涯倦旅,此时心事良苦……""洒空阶更阑未休……似楚江暝宿,风灯零乱,少年羁旅……""……可惜流年,忧

愁风雨,树犹如此……""……细雨梦回鸡塞远,小楼吹彻玉笙寒……"等句,心中很惆怅的,现在已好些了。小朋友!我笔不停挥,无意中写下这些词句。你们未必看过,也未必懂得,然而你们尽可不必研究。这些话,都在人情之中,你们长大时,自己都会写的,特意去看,反倒无益。

山中虽不大记得日月,而圣诞的观念,却充满在同院二十二个女孩的心中。二十四夜在楼前雪地中间的一棵松树上,结些灯彩,树巅一颗大星星,树下更挂着许多小的。那夜我照常卧在廊下,只有十二点钟光景,忽然柔婉的圣诞歌声,沉沉的将我从浓睡中引将出来。开眼一看,天上是月,地下是雪,中间一颗大灯星,和一个猛醒的人。这一切完全了一个透彻晶莹的世界!想起一千九百二十三年前,一个纯洁的婴孩,今夜出世,似他的完全的爱,似他的完全的牺牲,这个彻底光明柔洁的夜,原只是为他而有的。我侧耳静听,忆起旧作《天婴》中的两节:

　　马槽里可能睡眠?
　　　凝注天空——
　　这清亮的歌声,
　　　珍重的诏语,
　　催他思索,
　　想只有泪珠盈眼,
　　　热血盈腔。

　　奔赴着十字架,
　　　奔赴着荆棘冠,
　　想一生何曾安顿?
　　　繁星在天,
　　　夜色深深,
　　开始的负上罪担千钧!

此时心定如冰,神清若水,默然肃然,直至歌声渐远,隐隐的只余山下孩童奔逐欢笑祝贺之声,我渐渐又入梦中。梦见冰仲肩着四弦琴,似愁似喜的站在我面前拉着最熟的调子是"我如何能离开你?"声细如丝,如不胜清怨,我凄惋而醒。天幕沉沉,正是圣诞日!

朝阳出来的时候,四围山中松梢的雪,都映出粉霞的颜色。一身似乎拥在红云之中,几疑自己已经仙去。正在凝神,看护妇已出来将我的床从廊上

慢慢推到屋里,微笑着道:"圣诞大喜",便捧进几十个红丝缠绕,白纸包裹的礼物来,堆在我的床上。一包一包的打开,五光十色的玩具和书,足足的开了半点钟。我喜极了,一刹那顷童心来复,忽然想要跑到母亲床前去,摇醒她,请她过目。猛觉一身在万里外!……只无聊的随便拿起一本书来,颠倒的,心不在焉的看。

这座楼素来没有火,冷清清的如同北冰洋一般。难得今天开了一天的汽管,也许人坐在屋里,觉得适意一点。果点和玩具和书,都堆叠在桌上,而弟弟们以及小朋友们却不能和我同乐。一室寂然,窗外微阴,雪满山中。想到如这回不病,此时正在纽约或华盛顿,尘途热闹之中,未必能有这般的清福可享,又从失意转成喜悦。

晚上院中也有一个庆贺的会,在三层楼下。那边露天学校的小孩子们也都来了,约有二十个。——那些孩子都是居此治疗的,那学校也是为他们开的。我还未曾下楼,不得多认识他们。想再有几天,许我游山的时候,一定去看他们上课游散的光景,再告诉你们些西半球带病行乐的小朋友们的消息——厅中一棵装点的极其辉煌的圣诞树,上面系着许多的礼物。医生一包一包的带下去,上面注有各人的名字,附着滑稽诗一首,是互相取笑的句子,那礼物也是极小却极有趣味的东西。我得了一支五彩漆管的铅笔,一端有个橡皮帽子,那首诗是:

> 亲爱的,你天天在床上写字,写字,
> 　必有一日犯了医院的规矩,
> 　墨水沾污了床单。
> 给你这一支铅笔,还有橡皮,
> 　好好的用罢,
> 　可爱的孩子!

医生看护以及病人,把那厅坐满了。集合八国的人,老的少的,唱着同调的曲,也倒灯火辉煌,歌声嘹亮的过了一个完全的圣诞节。

二十六夜大家都觉乏倦了,鸦雀无声的都早去安息。雪地上那一颗灯星,却仍是明明远射。我关上了屋里的灯,倚窗而立,灯光入户,如同月光一般。忆起昨夜那些小孩子,接过礼物攒三集五,聚精凝神,一层层打开包裹的光景,正在出神。外间敲门,进来了一个希腊女孩子,她从沉黑中笑道:"好一个诗人呵!我不见灯光,以为你不在屋里呢!"我悄然一笑,才觉得自己是在山间万静之中。

自那时又起了乡愁——恕我不写了。此信到日,正是故国的新年,祝你们快乐平安!

冰 心
一九二三年十二月二十六日,沙穰疗养院

通讯十二

小朋友:

满廊的雪光,开读了母亲的来信,依然不能忍的流下几滴泪。——四围山上的层层的松枝,载着白绒般的很厚的雪,沉沉下垂。不时的掉下一两片手掌大的雪块,无声的堆在雪地上。小松呵!你受造物的滋润是过重了!我这过分的被爱的心,又将何处去交卸!

小朋友,可怪我告诉过你们许多事,竟不曾将我的母亲介绍给你。——她是这么一个母亲:她的话句句使作儿女的人动心,她的字,一点一划都使作儿女的人下泪!

我每次得她的信,都不曾预想到有什么感触的,而往往读到中间,至少有一两句使我心酸泪落。这样深浓,这般诚挚,开天辟地的爱情呵!愿普天下一切有知,都来颂赞!

以下节录母亲信内的话,小朋友,试当她是你自己的母亲,你和她相离万里,你读的时候,你心中觉得怎样?

> 我读你《寄母亲》的一首诗,我忍不住下泪,此后你多来信,我就安慰多了!

十月十八日

> 我心灵是和你相连的。不论在作什么事情,心中总是想起你来……

十月二十七日

> 我们是相依为命的。不论你在什么地方,作什么事情,你母亲的心魂,总绕在你的身旁,保护你抚抱你,使你安安稳稳一天一天的过去。

十一月九日

我每遇晚饭的时候,一出去看见你屋中电灯未息,就仿佛你在屋里,未来吃饭似的,就想叫你,猛忆你不在家,我就很难过!

十一月二十二日

你的来信和相片,我差不多一天看了好几次,读了好几回。到夜中睡觉的时候,自然是梦魂飞越在你的身旁,你想作母亲的人,哪个不思念她的孩子?……

十一月二十六日

经过了几次的酸楚我忽发悲愿,愿世界上自始至终就没有我,永减母亲的思念。一转念纵使没有我,她还可有别的女孩子作她的女儿,她仍是一般的牵挂,不如世界上自始至终就没有母亲。——然而世界上古往今来百千万亿的母亲,又当如何?且我的母亲已经彻底的告诉我:"作母亲的人,哪个不思念她的孩子!"

为此我透澈地觉悟,我死心塌地的肯定了我们居住的世界是极乐的。"母亲的爱"打千百转身,在世上幻出人和人,人和万物种种一切的互助和同情。这如火如荼的爱力,使这疲缓的人世,一步一步的移向光明!感谢上帝!经过了别离,我反复思寻印证,心潮几番动荡起落,自我和我的母亲,她的母亲,以及他的母亲接触之间,我深深的证实了我年来的信仰,绝不是无意识的!

真的,小朋友!别离之前,我不曾懂得母亲的爱动人至此,使人一心一念,神魂奔赴……我不须多说,小朋友知道的比我更彻底,我只愿这一心一念,永住永存,尽我在世的光阴,来讴歌颂扬这神圣无边的爱!圣保罗在他的书信里说过一句石破天惊的话,是:"我为这福音的奥秘,作了带锁链的使者。"一个使者,却是带着奥妙的爱的锁链的!小朋友,请你们监察我,催我自强不息的来奔赴这理想的最高的人格!

这封信不是专为介绍我母亲的自身,我要提醒的是"母亲"这两个字。谁无父母,谁非人子?母亲的爱,都是一般;而你们天真中的经验,却千百倍的清晰浓挚于我!母亲的爱,竟不能使我在人前有丝毫的得意和骄傲,因为普天下没有一个没有母亲的孩子。小朋友,谁道上天生人有厚薄?无贫富,无贵贱,造物者都预备一个母亲来爱他。又试问鸿濛初辟时,又哪里有贫富贵贱,这些人造的制度阶级?遂令当时人类在母亲的爱光之下,个个自由,个个平等!

你们有这个经验么？我往往有爱世上其他物事胜过母亲的时候。为着兄弟朋友，为着花鸟虫鱼，甚至于为着一本书一件衣服，和母亲违拗争执。当时只弄娇痴，就是母亲，也未曾介意。如今病榻上寸寸回想，使我有无限的惊悔。小朋友！为着我，你们自此留心，只有母亲是真爱你的。她的劝诫，句句有天大的理由。花鸟虫鱼的爱是暂时的，母亲的爱是永远的！

时至今日，我偶然觉悟到，因着母亲，使我承认了世间一切其他的爱，又冷淡了世间一切其他的爱。

青山雪霁，意态十分清冷。廊上无人，只不时的从楼下飞到一两声笑语，真是幽静极了。造物者的意旨，何等的深沉呵！把我从岁暮的尘嚣之中，提将出来，叫我在深山万静之中，来辗转思索。

说到我的病，本不是什么大症候，也就无所谓痊愈，现在只要慢慢的休息着。只是逃了几个月的学，其中也有幸有不幸。

这是一九二三年的末一日，小朋友，我祝你们的进步。

冰 心
一九二三年十二月三十一日，青山沙穰

通 讯 十 三

亲爱的母亲：

这封信母亲看到时，不知是何情绪。——曾记得母亲有一个女儿，在母亲身畔二十年，曾招母亲欢笑，也曾惹母亲烦恼。六个月前，她竟横海去了。她又病了，在沙穰休息着。这封信便是她写的。

如今她自己寂然的在灯下，听见楼下悠扬凄婉的音乐，和阑旁许多女孩子的笑声，她只不出去。她刚复了几封国内朋友的信，她忽然心绪潮涌，是她到沙穰以来，第一次的惊心。人家问她功课如何？圣诞节曾到华盛顿纽约否？她不知所答。光阴从她眼前飞过，她一事无成，自己病着玩。

她如结的心，不知交给谁慰安好。——她倦弱的腕，在碎纸上纵横写了无数的"算未抵人间离别！"直到写了满纸，她自己才猛然惊觉，也不知这句从何而来！

母亲呵！我不应如此说，我生命中只有"花"，和"光"，和"爱"，我生命中只有祝福，没有咒诅。——但些时的怅惘，也该觉着罢！些时的悲哀而平静的思潮，永在祝福中度生活的我，已支持不住。看！小舟在怒涛中颠簸，失措的舟子，抱着樯竿，哀唤着"天妃"的慈号。我的心舟在起落万丈的思潮

中震荡时,母亲!纵使你在万里外,写到"母亲"两个字在纸上时,我无主的心,已有了着落。

一月十日夜

昨夜写到此处,看护进来催我去睡。当时虽有无限的哀怨,而一面未尝不深幸有她来阻止我,否则尽着我往下写,不宁的思潮之中,不知要创造出怎样感伤的话来!

母亲!今日沙穰大风雨,天地为白,草木低头。晨五时我已觉得早霞不是一种明媚的颜色,惨绿怪红,凄厉得可怖!只有八时光景,风雨漫天而来,大家从廊上纷纷走进自己屋里,拼命的推着关上门窗。白茫茫里,群山都看不见了。急雨打进窗纱,直击着玻璃,从窗隙中溅进来。狂风循着屋脊流下,将水洞中积雨,吹得喷泉一般的飞洒。我的烦闷,都被这惊人的风雨,吹打散了。单调的生活之中,原应有个大破坏。——我又忽然想到此时如在约克逊舟上,太平洋里定有奇景可观。

我们的生活是太单调了,只天天随着钟声起卧休息。白日的生涯,还不如梦中热闹。松树的绿意总不改,四围山景就没有变迁了。我忽然恨松柏为何要冬青,否则到底也有个红白绿黄的更换点缀。

为着止水般无聊的生活,我更想弟弟们了!这里的女孩子,只低头刺绣。静极的时候,连针穿过布帛的声音都可以听见。我有时也绣着玩,但不以此为日课;我看点书,写点字,或是倚阑看村里的小孩子,在远处林外溜冰,或推小雪车。有一天静极忽发奇想,想买几挂大炮仗来放放,震一震这寂寂的深山,叫它发空前的回响。——这里,作梦也看不见炮仗。我总想得个发响的东西玩玩。我每每幻想有一管小手枪在手里,安上子弹,抬起枪来,一扳,砰的一声,从铁窗纱内穿将出去!要不然小汽枪也好,……但这至终都是潜伏在我心中的幻梦。世界不是我一个人的,我不能任意的破坏沙穰一角的柔静与和平。

母亲!我童心已完全来复了。在这里最适意的,就是静悄悄的过个性的生活。人们不能随便来看,一定的时间和风雪的长途都限制了他们。于是我连一天两小时的无谓的周旋,有时都不必作。自己在门窗洞开,阳光满照的屋里,或一角回廊上,三岁的孩子似的,一边忙忙的玩,一边鸣鸣的唱,有时对自己说些极痴骏的话。休息时间内,偶然睡不着,就自己轻轻的为自己唱催眠的歌。——一切都完全了,只没有母亲在我旁边!

一切思想,也都照着极小的孩子的径路奔放发展:每天卧在床上,看护

把我从屋里推出廊外的时候,我仰视着她,心里就当她是我的乳母,这床是我的摇篮。我凝望天空,有三颗最明亮的星星。轻淡的云,隐起一切的星辰的时候,只有这三颗依然吐着光芒。其中的一颗距那两颗稍远,我当他是我的大弟弟,因为他稍大些,能够独立了。那两颗紧挨着,是我的二弟弟和小弟弟,他两个还小一点,虽然自己奔走游玩,却时时注意到其他的一个,总不敢远远跑开,他们知道自己的弱小,常常是守望相助。

这三颗星总是第一班从暮色中出来,使我最先看见;也是末一班在晨曦中隐去,在众星之后,和我道声"暂别";因此发起了我的爱怜系恋,便白天也能忆起他们来。起先我有意在星辰的书上,寻求出他们的名字,时至今日,我不想寻求了,我已替他们起了名字,他们的总名是"兄弟星",他们各颗的名字,就是我的三个弟弟的名字。

  小弟弟呵,
  我灵魂里三颗光明喜乐的星。
  温柔的,
    无可言说的,
    灵魂深处的孩子呵!

——《繁星》四

如今重忆起来,不知是说弟弟,还是说星星!——自此推想下去,静美的月亮,自然是母亲了。我半夜醒来,开眼看见她,高高的在天上,如同俯着看我,我就欣慰,我又安稳的在她的爱光中睡去。早晨勇敢的灿烂的太阳,自然是父亲了。他从对山的树梢,雍容尔雅的上来,他又温和又严肃的对我说:"又是一天了!"我就欢欢喜喜的坐起来,披衣从廊上走到屋里去。

此外满天的星宿,那是我的一切亲爱的人。这样便同时爱了星星,也爱了许多姊妹朋友。——只有小孩子的思想是智慧的,我愿永远如此想;我也愿永远如此信!

窗外仍是狂风雨,我偶然忆起一首诗:题目是《小神秘家》是 Louis Untermeyer 作的,我录译于下;不知当年母亲和我坐守风雨的时候,我也曾说过这样如痴如慧的话没有?

  The Young Mystic
  We sat together close and warm,
   My little tired boy and I—

  Watching across the evening sky
 The coming of the storm
No rumblings rose, no thunders crashed,
 The west—Wind scarcely sang loud;
 But from a huge and solid cloud
The summer lightning flashed,
 And then he whispered "Father, watch;
 I think God's going to light His moon"——
 "And When, my boy"—"Oh very soon:
I saw Him strike a match!"

大意是：

  我的困倦的儿子和我，
   很暖和的相挨的坐着，
  凝望着薄暮天空，
  风雨正要来到。

  没有隆隆的雷响，
   西风也不着意的吹；
   只在屯积的浓云中，
  有电光闪烁。

  这时他低声对我说："父亲，看看；
   我想上帝要点上他的月亮了——"
   "孩子，什么时候呢……""呀，快了。
  我看见他划了取灯儿！"

  风雨仍不止。山上的雪，雨打风吹，完全融化了。下午我还要写点别的文字，我在此停住了。母亲，这封信我想也转给小朋友们看一看，我每忆起他们，就觉得欠他们的债。途中通讯的碎稿，都在闭壁楼的空屋里锁着呢。她们正百计防止我写字，我不敢去向她们要。我素不轻许愿，无端破了一回例，遗我以日夜耿耿的心；然而为着小孩子，对于这次的许愿，我不曾有半星儿的追悔。只恨先忙后病的我对不起他们。——无限的乡心，与此信一齐

收束起,母亲,真个不写了,海外山上养病的女儿,祝你万万福!

冰　心
一九二四年一月十一日,青山沙穰

通讯十四

我的小朋友:

　　黄昏睡起,闲走着绕到西边回廊上,看一个病的女孩子。站在她床前说着话儿的时候,抬头看见松梢上一星朗耀,她说:"这是你今晚第一颗见到的星儿,对它祝说你的愿望罢!"——同时她低低的度着一支小曲,是:

　　　　Star light
　　　　Star bright
　　　　First star I see to-night
　　　　Wish I may
　　　　Wish I night
　　　　Have the wish I wish to might

　　小朋友:这是一支极柔媚的儿歌。我不想翻译出来。因为童谣完全以音韵见长,一翻成中国字,念出来就不好听,大意也就是她对我说的那两句话。——倘若你们自己能念,或是姊姊哥哥,姑姑母亲,能教给你们念,也就更好。——她说到此,我略不思索,我合掌向天说:"我愿万里外的母亲,不太为平安快乐的我忧虑!"

　　估计今天或明天,就是我母亲接到我报告抱病入山的信之日,不知大家如何商量谈论,长吁短叹;岂知无知无愁的我,正在此过起止水浮云的生活来了呢!

　　去年十二月十九日,我寄给国内朋友一封信,我说:"沙穰疗养院,冷冰冰如同雪洞一般。我又整天的必须在朔风里。你们围炉的人,怎知我正在冰天雪地中,与造化挣命!"如今想起,又觉得那话说得太无谓,太怨望了,未曾听见挣命有如今这般温柔的挣法!

　　生,老,病,死,是人生很重大而又不能避免的事。无论怎样高贵伟大的人,对此切己的事,也丝毫不能为力。这时节只能将自己当作第三者,旁立静听着造化的安排。小朋友,我凝神看着造化轻舒慧腕,来安排我的命运的

时候,我忍不住失声赞叹他深思和玄妙。

往常一日几次匆匆走过慰冰湖,一边看晚霞,一边心里想着功课。偷闲划舟,抬头望一望滟滟的湖波,低头看滴答滴答消磨时间的手表,心灵中真是太苦了,然而万没有整天的放下正事来赏玩自然的道理。造物者明明在上,看出了我的隐情,眉头一皱,轻轻的赐与我一场病,这病乃是专以抛撇一切,游泛于自然海中为治疗的。

如今呢?过的是花的生活,生长于光天化日之下,微风细雨之中;过的是鸟的生活,游息于山巅水涯,寄身于上下左右空气环围的巢床里;过的是水的生活,自在的潺潺流走;过的是云的生活,随意的袅袅卷舒。几十页几百页绝妙的诗和诗话,拿起来流水般当功课读的时候,是没有的了。如今不再干那愚拙煞风景的事,如今便四行六行的小诗,也慢慢的拿起,反复吟诵,默然深思。

我爱听碎雪和微雨,我爱看明月和星辰,从前一切世俗的烦忧,占积了我的灵府。偶然一举目,偶然一倾耳,便忙忙又收回心来,没有一次任它奔放过。如今呢,我的心,我不知怎样形容它,它如蛾出茧,如鹰翔空……

碎雪和微雨在檐上,明月和星辰在阑旁,不看也得看,不听也得听,何况病中的我,应以它们为第二生命。病前的我,愿以它们为第二生命而不能的呢?

这故事的美妙,还不止此,——"一天还应在山上走几里路",这句话从滑稽式的医士口中道出的时候,我不知应如何的欢呼赞美他!小朋友!漫游的生涯,从今开始了!

山后是森林仄径,曲曲折折的在日影掩映中引去,不知有多少远近。我只走到一端,有大岩石处为止。登在上面眺望,我看见满山高高下下的松树。每当我要缥缈深思的时候,我就走这一条路。独自低首行来,我听见干叶枯枝,喊喊喳喳在树巅相语。草上的薄冰,踏着沙沙有声,这时节,林影沉荫中,我凝然黯然,如有所戚。

山前是一层层的大山地,爽阔空旷,无边无限的满地朝阳。层场的尽处,就是一个大冰湖,环以小山高树,是此间小朋友们溜冰处。我最喜在湖上如飞的走过。每逢我要活泼天机的时候,我就走这一条路。我沐着微暖的阳光,在树根下坐地,举目望着无际的耀眼生花的银海。我想天地何其大,人类何其小。当归途中冰湖在我足下溜走的时候,清风过耳,我欣然超然,如有所得。

三年前的夏日在北京西山,曾写了一段小文字,我不十分记得了,大约是:

　　只有早晨的深谷中
　　可以和自然对语。
　　　计划写了
　　　　岩石点头
　　　　草花欢笑。
　　造物者!
　　　在我们星驰的前途
　　　　路站上
　　再遥遥的安置下
　　　几个早晨的深谷!

　　原来,造物者为我安置下的几个早晨的深谷,却在离北京数万里外的沙穰,我何其"无心",造物者何其"有意"?——我还忆起,有"空谷足音",和杜甫的"绝代有佳人,幽居在空谷"的一首诗,小朋友读过么?我翻来覆去的背诵,只忆得"绝代有佳人,幽居在空谷;自云良家子,零落依草木……摘花不插发,采柏动盈匊——天寒翠袖薄,日暮倚修竹。"这八句来。黄昏时又去了。那时想起的,有"前不见古人,后不见来者,念天地之悠悠,独怆然而涕下。"归途中又诵"云无心以出岫,鸟倦飞而知还。景翳翳以将入,抚孤松而盘桓。"小朋友,愿你们用心读古人书,他们常在一定的环境中,说出你心中要说的话!

　　春天已在云中微笑,将临到了。那时我更有温柔的消息,报告你们。我逐日远走开去,渐渐又发现了几处断桥流水。试想看,胸中无一事留滞,日日南北东西,试揭自然的帘幕,蹑足走入仙宫……

　　这样的病,这样的人生,小朋友,请为我感谢。我的生命中是只有祝福,没有咒诅!

　　安息的时候已到,卧看星辰去了。小朋友,我以无限欢喜的心,祝你们多福。

　　　　　　　　　　　　　　　冰　心
　　　　　　　　　　　一九二四年一月十五日夜,沙穰

　　广厅上,四面绿帘低垂。几个女孩子,在一角窗前长椅上,低低笑语。一角话匣子里奏着轻婉的提琴。我在当中的方桌上,写这封信。一个女孩

子坐在对面为我画像,她时时唤我抬头看她。我听一听提琴和人家的笑语,一面心潮缓缓流动,一面时时停笔凝神。写完时重读一过,觉得太无次序了,前言不对后语的。然而的确是欢乐的心泉流过的痕迹,不复整理,即付晚邮。

通讯十五

仁慈的小朋友:

若是在你们天大的爱心里,还有空隙,我愿介绍几个可爱的女孩子,愿你们加以怜念!

M 住在我的隔屋,是个天真漫烂又是完全神经质的女孩子。稍大的惊和喜,都能使她受极大的激刺和扰乱。她卧病已经四年半了,至今不见十分差减,往往刚觉得好些,夜间热度就又高起来,看完体温表,就听得她伏枕呜咽。她有个完全美满的家庭,却因病隔离了。——我的童心,完全是她引起的。她往往坐在床上自己喃喃的说:"我父亲爱我,我母亲爱我,我爱……"我就倾耳听她底下说什么,她却是说:"我爱我自己。"我不觉笑了,她也笑了。她的娇憨凄苦的样子,得了许多女伴的爱怜。

R 又在 M 的隔屋,她被一切人所爱,她也爱了一切的人。又非常的技巧,用针用笔,能作许多奇巧好玩的东西。这些日子,正跟着我学中国文字。我第一天教给她"天""地""人"三字。她说:"你们中国人太玄妙了,怎么初学就念这样高大的字,我们初学,只是'猫''狗'之类"。我笑了,又觉得她说的有理。她学得极快,口音清楚,写的字也很方正。此外医院中天气表是她测量,星期日礼拜是她弹琴,病人阅看的报纸,是她照管,图书室的钥匙,也在她手里。她短发齐颈,爱好天然,她住院已经六个月了。

E 只有十八岁,昨天是她的生日。她没有父母,只有哥哥。十九个月前,她病得很重,送到此处。现在可谓好一点,但还是很瘦弱。她喜欢叫人"妈妈"或"姊姊"。她急切的想望人家的爱念和同情,却又能隐忍不露,常常在寂寞中竭力的使自己活泼欢悦。然而每次在医生注射之后,屋门开处,看见她埋首在高枕之中,宛转流涕——这样的华年!这样的人生!

D 是个爱尔兰的女孩子,和我谈话之间常常问我的家庭状况,尤其常要提到我的父亲,我只是无心的问答。后来旁人告诉我,她的父亲纵酒狂放,醉后时时虐待他的儿女。她的家庭生活,非常的凄苦不幸。她因躲避父亲,和祖母住在一处,听到人家谈到亲爱时,往往流泪。昨天我得到家书,正好她在旁边,她似羡似叹的问道:"这是你父亲写的么,多么厚的一封信呵!"幸

而她不认得中国字,我连忙说:"不是,这是我母亲写的,我父亲很忙,不常写信给我。"她脸红微笑,又似释然。其实每次我的家书,都是父母弟弟每人几张纸!我以为人生最大的不幸,就是失爱于父母。我不能闭目推想,也不敢闭目揣想。可怜的带病而又心灵负着重伤的孩子!

A 住在院后一座小楼上,我先不常看见她。从那一次在餐室内偶然回首,无意中她顾我微微一笑,很长的睫毛之下,流着幽闲贞静的眼光,绝不是西方人的态度。出了餐室,我便访到她的名字,和住处。那天晚上,在她的楼里,谈了半点钟的话,惊心于她的腼腆与温柔;谈到海景,她竟赠我一张灯塔的图画。她来院已将两年,据别人说没有什么起色。她终日卧在一角小廊上,廊前是曲径深林,廊后是小桥流水。她告诉我每遇狂风暴雨,看着凄清的环境,想到"人生"两字,辄惊动不怡。我安慰她,她也感谢,然而彼此各有泪痕!

痛苦的人,岂止这几个?限于精神,我不能多述了!

今早黎明即醒。晓星微光,万松淡雾之中,我披衣起坐。举眼望到廊的尽处,我凝注着短床相接,雪白的枕上,梦中转侧的女孩子。只觉得奇愁黯黯,横空而来。生命中何必有爱,爱正是为这些人而有!这些痛苦的心灵,需要无限的同情与怜念。我一人究竟太微小了,仰祷上天之外,只能求助于万里外的纯洁伟大的小朋友!

小朋友!为着跟你们通讯,受了许多友人严峻的责问,责我不宜只以悱恻的思想,贡献你们。小朋友不宜多看这种文字,我也不宜多写这种文字。为小朋友和我两方精神上的快乐与安平,我对于他们的忠告,只有惭愧感谢。然而人生不止欢乐滑稽一方面,病患与别离,只是带着酸汁的快乐之果。沉静的悲哀里,含有无限的庄严。伟大的人生中,是需要这种成分的。范仲淹说:"先天下之忧而忧。"佛说:"我不入地狱,谁入地狱?"何况这一切本是组成人生的原素,耳闻,眼见,身经,早晚都要了解知道的,何必要隐瞒着可爱的小朋友?我偶然这半年来先经历了这些事,和小朋友说说,想来也不是过分的不宜。

我比她们强多了,我有快乐美满的家庭,在第一步就没有摧伤思想的源路。我能自在游行,寻幽访胜,不似她们缠绵床褥,终日对着恹恹一角的青山。我横竖已是一身客寄,在校在山,都是一样;有人来看,自然欢喜,没有人来,也没有特别的失望与悲哀。她们乡关咫尺,却因病抛离父母,亲爱的人,每每因天风雨雪,山路难行,不能相见,于是怨嗟悲叹。整年整月,置身于怨望痛苦之中,这样的人生!

一而二,二而三的推想下去,世界上的幼弱病苦,又岂止沙穰一隅?小

中国20世纪名家散文经典

朋友,你们看见的,也许比我还多,扶持慰藉,是谁的责任?见此而不动心呵!空负了上天付与我们的一腔热烈的爱!

所以,小朋友,我们所能作到的,一朵鲜花,一张画片,一句温和的慰语,一回殷勤的访问,甚至于一瞥哀怜的眼光,在我们是不觉得用了多少心,而在单调的枯苦生活,度日如年的病者,已是受了如天之赐。访问已过,花朵已残,在我们久已忘却之后,他们在幽闲的病榻上,还有无限的感谢,回忆与低徊!

我无庸多说,我病中曾受过几个小朋友的赠与。在你们完全而浓烈的爱心中,投书馈送,都能锦上添花,作到好处。小朋友,我无有言说,我只合掌赞美你们的纯洁与伟大。

如今我请你们纪念的这些人,虽然都在海外,但你们忆起这许多苦孩子时,或能以意会意,以心会心的体恤到眼前的病者。小朋友,莫道万里外的怜悯牵萦,没有用处,"以伟大思想养汝精神"!日后帮助你们建立大事业的同情心,便是从这零碎的怜念中练达出来的。

风雪的廊上,写这封信,不但手冷,到此心思也冻凝了。无端拆阅了波士顿中国朋友的一封书,又使我生无穷的感慨。她提醒了我!今日何日,正是故国的岁除,红灯绿酒之间,不知有多少盈盈的笑语。这里却只有寂寂风雪的空山……不写了,你们的热情忠实的朋友,在此遥祝你们有个完全欢庆的新年!

冰 心
一九二四年二月四日,沙穰

通讯十六

二弟冰叔:

接到你两封冗长而恳挚的信,使我受了无限的安慰。是的!"从松树隙间穿过的阳光,就是你弟弟问安的使者;晚上清凉的风,就是骨肉手足的慰语!"好弟弟!我喜爱而又感激你的满含着诗意的慰安的话!

出乎意外的又收到你赠我的历代名人词选,我喜欢到不可言说。父亲说恐怕我已有了,我原有一部古今词选,放在闭璧楼的书架上了。可恨我一写信要中国书,她们便有百般的阻拦推托。好像凡是中国书都是充满着艰深的哲理,一看就费人无限的脑力似的。

不忍十分的违反她们的好意,我终于反复的只看些从病院中带来的短

诗了。我昨夜收到词选,珍重的一页一页的看着,一面想,难得我有个知心的小弟弟。

这部词,选得似乎稍偏于纤巧方面,错字也时时发现。但大体说起来,总算很好。

你问我去国前后,环境中诗意哪处更足?我无疑地要说,"自然是去国后!"在北京城里,不能晨夕与湖山相对,这是第一条件。再一事,就是客中的心情,似乎更容易融会诗句。

离开黄浦江岸,在太平洋舟中,青天碧海,独往独来之间,我常常忆起"海水直下万里深,谁人不言此离苦"两句。因为我无意中看到同舟众人,当倚阑俯视着船头飞溅的浪花的时候,眉宇间似乎都含着轻微的凄恻的意绪。

到了威尔斯利,慰冰湖更是我的唯一的良友。或是水边,或是水上,没有一天不到的。母亲寿辰的前一日,又到湖上去了,临水起了乡思,忽然忆起左辅的"浪淘沙"词:

"水软橹声柔,草绿芳洲,碧桃几树隐红楼;者是春山魂一片,招入孤舟。乡梦不曾休,惹甚闲愁?忠州过了又涪州;掷与巴江流到海,切莫回头!"

觉得情景悉合,随手拾起一片湖石,用小刀刻上:"乡梦不曾休,惹甚闲愁?"两句,远远地抛入湖心里,自己便头也不回的走转来。这片小石,自那日起,我信它永在湖心,直到天地的尽头。只要湖水不枯,湖石不烂,我的一片寄托此中的乡心,也永古不能磨灭的!

美国人家,除城市外,往往依山傍水,小巧精致,窗外篱旁,杂种着花草,真合"是处人家,绿深门户"词意。只是没有围墙,空阔有余,深邃不足。路上行人,隔窗可望见翠袖红妆,可听见琴声笑语。词中之"斜阳却照深深院","庭院深深深几许","不卷珠帘,人在深深处","墙内秋千墙外道","银汉是红墙,一带遥相隔"等句,在此都用不着了!

田野间林深树密,道路也依着山地的高下,曲折蜿蜒的修来,天趣盎然。想春来野花遍地之时,必是更幽美的。只是逾山越岭的游行,再也看不见一带城墙僧寺。"曲径通幽处,禅房草木深","花宫仙梵远微微,月隐高城钟漏稀","一片孤城万仞山","饮将闷酒城头睡","长烟落日孤城闭","帘卷疏星庭户悄,隐隐严城钟鼓"等句,在此又都用不着了!

总之,在此处处是"新大陆"的意味,遍地看出鸿濛初辟的痕迹。国内一片苍古庄严,虽然有的只是颓废剥落的城垣宫殿,却都令人起一种"仰首欲

攀低首拜"之思,可爱可敬的五千年的故国呵!

　　回忆去夏南下,晨过苏州,火车与城墙并行数里。城里湿烟濛濛,护城河里系着小舟,层塔露出城头,竟是一幅图画。那时我已想到出了国门,此景便不能再见了!

　　说到山中的生活,除了看书游山,与女伴谈笑之外,竟没有别的日课。我家灵运公的诗,如"寝瘵谢人徒,绝迹入云峰,岩壑寓耳目,欢爱隔音容",以及"昔余游京华,未尝废丘壑,矧乃归山川,心迹双寂寞……卧疾丰暇豫,翰墨时间作,怀抱观古今,寝食展戏谑……万事难并欢,达生幸可托"等句,竟将我的生活描写尽了,我自己更不须多说!

　　又猛忆起杜甫的"思家步月清宵立,忆弟看云白日眠"和苏东坡的"因病得闲殊不恶,安心是药更无方",对我此时生活而言,直是一字不可移易!青山满山是松,满地是雪,月下景物清幽到不可描画,晚餐后往往至楼前小立,寒光中自不免小起乡愁。又每日午后三时至五时是休息时间,白天里如何睡得着?自然只卧看天上云起,尤往往在此时复看家书,联带的忆到诸弟。——冰仲怕我病中不能多写通讯,岂知我病中较闲,心境亦较清,写的倒比平时多。又我自病后,未曾用一点药饵,真是"安心是药更无方"了。

　　多看古人句子,令自己少写好些。一面欣与古人契合,一面又有"恨不踊身千载上,趁古人未说吾先说"之叹。——说的已多了,都是你一部词选,引我掉了半天书袋,是谁之过呢?一笑!

　　青山真有美极的时候。二月七日,正是五天风雪之后,万株树上,都结上一层冰壳。早起极光明的朝阳从东方捧出,照得这些冰树玉枝,寒光激射。下楼微步雪林中曲折行来,偶然回顾,一身自冰玉丛中穿过。小楼一角,隐隐看见我的帘幕。虽然一般的高处不胜寒,而此琼楼玉宇,竟在人间,而非天上。

　　九日晨同女伴乘雪橇出游。双马飞驰,绕遍青山上下。一路林深处,冰枝拂衣,脆折有声。白雪压地,不见寸土,竟是洁无纤尘的世界。最美的是冰珠串结在野樱桃枝上,红白相间,晶莹向日,觉得人间珍宝,无此璀璨!

　　途中女伴遥指一发青山,在天末起伏。我忽然想真个离家远了,连青山一发,也不是中原了。此时忽觉悠然意远。——弟弟!我平日总想以"真"为写作的唯一条件,然而算起来,不但是去国以前的文字不"真",就是去国以后的文字,也没有尽"真"的能事。

　　我深确的信不论是人情,是物景,到了"尽头"处,是万万说不出来,写不出来的。纵然几番提笔,几番欲说,而语言文字之间,只是搜寻不出配得上形容这些情绪景物的字眼,结果只是搁笔,只是无言。十分不甘泯没了这些情景时,只能随意描摹几个字,稍留些印象。甚至于不妨如古人之结绳记事一般,胡乱画几条墨线在纸上。只要他日再看到这些墨迹时,能在模糊缥缈的意境之中,重现了一番往事,已经是满足有余的了。

去国以前,文字多于情绪。去国以后,情绪多于文字。环境虽常是清丽可写,而我往往写不出。辛幼安的一支"罗敷媚"说:

"少年不识愁滋味,爱上层楼,爱上层楼,为赋新词强说愁。而今识尽愁滋味,欲说还休,欲说还休,却道天凉好个秋。"

真看得我寂然心死。他虽只说"愁"字,然已盖尽了其他种种一切!——真不知文字情绪不能互相表现的苦处,受者只有我一个人,或是人人都如此?

北京谚语说:"八月十五云遮月,正月十五雪打灯。"去年中秋,此地不曾有月。阴历十四夜,月光灿然。我正想东方谚语,不能适用于西方天象,谁知元宵夜果然雨雪霏霏。十八夜以后,夜夜梦醒见月。只觉空明的枕上,梦与月相续。最好的是近两夜,醒时将近黎明,天色碧蓝,一弦金色的月,不远对着弦月凹处,悬着一颗大星。万里无云的天上,只有一星一月,光景真是奇丽。

元夜如何?——听说醉司命夜,家宴席上,母亲想我难过,你们几个兄弟倒会一人一句的笑话慰藉,真是灯草也成了拄杖了!喜笑之余,并此感谢。

纸已尽,不多谈。——此信我以为不妨转小朋友一阅。

冰 心

一九二四年三月一日,青山沙穰

通讯十七

小朋友:

健康来复的路上,不幸多歧,这几十天来懒得很;雨后偶然看见几朵浓黄的蒲公英,在匀整的草坡上闪烁,不禁又忆起一件事。

一月十九晨,是雪后浓阴的天。我早起游山,忽然在积雪中,看见了七八朵大开的蒲公英。我俯身摘下握在手里,——真不知这平凡的草卉,竟与梅菊一样的耐寒。我回到楼上,用条黄丝带将这几朵缀将起来,编成王冠的形式。人家问我作什么,我说:"我要为我的女王加冕。"说着就随便的给一个女孩子戴上了。

中国 20 世纪名家散文经典

  大家欢笑声中,我只无言的卧在床上——我不是为女王加冕,竟是为蒲公英加冕了。蒲公英虽是我最熟识的一种草花,但从来是被人轻忽,从来是不上美人头的。今日因着情不可却,我竟让她在美人头上,照耀了几点钟。

  蒲公英是黄色,叠瓣的花,很带着菊花的神意,但我也不曾偏爱她。我对于花卉是普遍的爱怜。虽有时不免喜欢玫瑰的浓郁,和桂花的清远,而在我忧来无方的时候,玫瑰和桂花也一样的成粪土。在我心情怡悦的一刹那顷,高贵清华的菊花,也不能和我手中的蒲公英来占夺位置。

  世上的一切事物,只是百千万面大大小小的镜子,重叠对照,反射又反射;于是世上有了这许多璀璨辉煌,虹影般的光彩。没有蒲公英,显不出雏菊,没有平凡,显不出超绝。而且不能因为大家都爱雏菊,世上便消灭了蒲公英;不能因为大家都敬礼超人,世上便消灭了庸碌。即使这一切都能因着世人的爱憎而生灭,只恐到了满山满谷都是菊花和超人的时候,菊花的价值,反不如蒲公英,超人的价值,反不及庸碌了。

  所以世上一物有一物的长处,一人有一人的价值。我不能偏爱,也不肯偏憎。悟到万物相衬托的理,我只愿我心如水,处处相平。我愿菊花在我眼中,消失了她的富丽堂皇,蒲公英也解除了她的局促羞涩,博爱的极端,翻成淡漠。但这种普遍淡漠的心,除了博爱的小朋友,有谁知道?

  书到此,高天萧然,楼上风紧得很,再谈了,我的小朋友!

冰　心

一九二四年五月九日,沙穰疗养院

通讯十八

小朋友:

  久违了,我亲爱的小朋友!记得许多日子不曾和你们通讯,这并不是我的本心。只因寄回的邮件,偶有迟滞遗失的时候。我觉得病中的我,虽能必写,而万里外的你们,不能必看。医生又劝我尽量休息,我索性就歇了下去。

  自和你们通信,我的生涯中非病即忙。如今不得不趁病已去,忙未来之先,写一封长信给你们,补说从前许多的事。

  愿意我从去年说起么?我知道小朋友是不厌听旧事的。但我也不能说得十分详细,只能就模糊记忆所及,说个大概,无非要接上这条断链。否则我忽然从神户飞到威尔斯利来,小朋友一定觉得太突兀了!

一九二三年八月二十日　神户

二十早晨就同许多人上岸去。远远地看见锚山上那个青草栽成的大锚,压在半山,青得非常的好看。

神户街市和中国的差不多。两旁的店铺,却比较的矮小。窗户间陈列的玩具和儿童的书,五光十色,极其夺目。许多小朋友围着看。日本小孩子的衣服,比我们的华灿,比较的引人注意。他们的圆白的小脸,乌黑的眼珠,浓厚的黑发,衬映着十分可爱。

几个山下的人家,十分幽雅,木墙竹窗,繁花露出墙头,墙外有小桥流水。——我们本想上山去看雌雄两谷,——是两处瀑布。往上走的时候,遇见奔走下山的船上的同伴,说时候已近了。我们恐怕船开,只得回到船上来。

上岸时大家纷纷到邮局买邮票寄信。神户邮局被中国学生塞满了。牵不断的离情!去国刚三日,便有这许多话要同家人朋友说么?

回来有人戏笑着说:"白话有什么好处!我们同日本人言语不通,说英文有的人又不懂。写字罢,问他们'哪里最热闹?'他们瞠目莫知所答。问他们'何处最繁华?'却都恍然大悟,便指点我们以热闹的去处,你看!"我不觉笑了。

二十一日　横滨

黄昏时已近横滨。落日被白云上下遮住,竟是朱红的颜色,如同一盏日本的红纸灯笼,——这原是联想的关系。

不断的山,倚阑看着也很美。此时我曾用几个盛快镜胶片的锡筒,装了几张小纸条,封了口,投下海去,任它漂浮。纸上我写着:

> 不论是哪个渔人捡着,都祝你幸运。我以东方人的至诚,祈神祝福你东方水上的渔人!

以及"我欲乘风归去,又恐琼楼玉宇,高处不胜寒!"等等的话。

到了横滨,只算是一个过站,因为我们一直便坐电车到东京去。我们先到中国青年会,以后到一个日本饭店吃日本饭。那店名仿佛是"天香馆",也记不清了。脱鞋进门,我最不惯,大家都笑个不住。侍女们都赤足,和她们

说话又不懂,只能相视一笑。席地而坐,仰视墙壁窗户,都是木板的,光滑如拭。窗外荫沉,洁净幽雅得很。我们只吃白米饭,牛肉,干粉,小菜,很简单的。饭菜都很硬,我只吃一点就放下了。

饭后就下了很大的雨,但我们的游览,并不因此中止,却也不能从容,只汽车从雨中飞驰。如日比谷公园,靖国神社,博物馆等处,匆匆一过。只觉得游了六七个地方,都是上楼下楼,入门出门,一点印象也留不下。走马看花,雾里看花,都是看不清的,何况是雨中驰车,更不必说了。我又有点发热,冒雨更不可支,没有心力去浏览,只有两处,我记得很真切。

一是二重桥皇宫,隆然的小桥,白石的阑干,一带河流之后,立着宫墙。忙中的脑筋,忽觉清醒,我走出车来拍照,远远看见警察走来,知要干涉,便连忙按一按机,又走上车去。——可惜是雨中照的,洗不出风景来,但我还将这胶片留下。听说地震后皇宫也颓坏了,我竟得于灾前一瞥眼,可怜焦土!

还有是游就馆中的中日战胜纪念品和壁上的战争的图画,周视之下,我心中军人之血,如泉怒沸。小朋友,我是个弱者,从不会抑制我自己感情之波动。我是没有主义的人,更显然的不是国家主义者,我虽那时竟血沸头昏,不由自主的坐了下去。但在同伴纷纷叹恨之中,我仍没有说一句话。

我十分歉仄,因为我对你们述说这一件事。我心中虽丰富的带着军人之血,而我常是喜爱日本人,我从来不存着什么屈辱与仇视。只是为着"正义",我对于以人类欺压人类的事,我似乎不能忍受!

我自然爱我的弟弟,我们原是同气连枝的。假如我有吃不了的一块糖饼,他和我索要时,我一定含笑的递给他。但他若逞强,不由分说的和我争夺,为着"正义",为着要引导他走"公理"的道路,我就要奋然的,怀着满腔的热爱来抵御,并碎此饼而不惜!

请你们饶恕我,对你们说这些神经兴奋的话!让这话在你们心中旋转一周罢。说与别人我担着惊怕,说与你们,我却千放心万放心,因为你们自有最天真最圣洁的断定。

五点钟的电车,我们又回到横滨舟上。

二十三日　舟中

发烧中又冒雨,今天觉得不舒服。同船的人大半都上岸去,我自己坐着守船。甲板上独坐,无头绪的想起昨天车站上的繁杂的木屐声,和前天船上礼拜,他们唱的"上帝保佑我母亲"之曲,心绪很杂乱不宁。日光又热,下看

码头上各种小小的贸易,人声嘈杂,觉得头晕。

同伴们都回来了,下午船又启行。从此渐渐的不见东方的陆地了,再到海的尽头,再见陆地时,人情风土都不同了,为之怅然。

曾在此时,匆匆的写了一封信,要寄与你们,写完匆匆的拿着走出舱来,船已徐徐离岸。"此误又是十余日了!"我黯然的将此信投在海里。

那夜梦见母亲来,摸我的前额,说:"热得很,——吃几口药罢。"她手里端着药杯叫我喝,我看那药是黄色的水,一口气的喝完了,梦中觉得是桔汁的味儿。醒来只听得圆窗外海风如吼,翻身又睡着了。第二天热便退尽。

二十四日以后　舟中

四围是海的舟岛生活,很迷糊恍惚的,不能按日记事了,只略略说些罢。

同行二等三等舱中,有许多自俄赴美的难民,男女老幼约有一百多人。俄国人是天然的音乐家,每天夜里,在最高层上,静听着他们在底下弹着琴儿。在海波声中,那琴调更是凄清错杂,如泣如诉。同是离家去国的人呵,纵使我们不同文字,不同言语,不同思想,在这凄美的快感里,恋别的情绪,已深深的交流了!

那夜月明,又听着这琴声,我迟迟不忍下舱去。披着毡子在肩上,聊御那泱泱的海风。船儿只管乘风破浪的一直的走,走向那素不相识的他乡。琴声中的哀怨,已问着我们这般辛苦的载着万斛离愁同去同逝,为名?为利?为着何来?"问君何事轻离别,一年能几团圞月?"我自问已无话可答了!若不是人声笑语从最高层上下来,搅碎了我的情绪,恐怕那夜我要独立到天明!

同伴中有人发起聚敛食物果品,赠给那些难民的孩子。我们从中国学生及别的乘客之中,收聚了好些,送下二等舱去。他们中间小孩子很多,女伴们有时抱几个小的上来玩,极其可爱。但有一次,因此我又感到哀戚与不平。

有一个孩子,还不到两岁光景,最为娇小乖觉。他原不肯叫我抱,好容易用糖和饼,和发响的玩具,慢慢的哄了过来。他和我熟识了,放下来在地下走,他从软椅中间,慢慢走去,又回来扑到我的膝上。我们正在嬉笑,一抬头他父亲站在广厅的门边。想他不能过五十岁,而他的白发和脸上的皱纹,历历的写出了他生命的颠顿与不幸,看去似乎不止六十岁了。他注视着他的儿子,那双慈怜的眼光中,竟若含着眼泪。小朋友,从至情中流出的眼泪,是世界上最神圣的东西。晶莹的含泪的眼,是最庄严尊贵的画图!每次看

中国20世纪名家散文经典

见处女或儿童,悲哀或义愤的泪眼,妇人或老人,慈祥和怜悯的泪眼,两颗莹莹欲坠的泪珠之后,竟要射出凛然的神圣的光!小朋友,我最敬畏这个,见此时往往使我不敢抬头!

这一次也不是例外,我只低头扶着这小孩子走。头等舱中的女看护——是看护晕船的人们的——忽然也在门边发见了。她冷酷的目光,看着那俄国人,说:"是谁让你到头等舱里来的,走,走,快下去!"

这可怜的老人踌躇了。无主仓皇的脸,勉强含笑,从我手中接过小孩子来,以屈辱抱歉的目光,看一看那看护,便抱着孩子疲缓的从扶梯下去。

是谁让他来的?任一个慈爱的父亲,都不肯将爱子交付一个陌生人,他是上来照看他的儿子的。我抱上这孩子来,却不能护庇他的父亲!我心中忽然非常的抑塞不平。只注视着那个胖大的看护,我脸上定不是一种怡悦的表情,而她却服罪的看我一笑。我四顾这厅中还有许多人,都像不在意似的。我下舱去,晚餐桌上,我终席未曾说一句话!

中国学生开了两次的游艺会,都曾向船主商量要请这些俄国人上来和我们同乐,都被船主拒绝了。可敬的中国青年,不愿以金钱为享受快乐的界限,动机是神圣的。结果虽毫不似预想,而大同的世界,原是从无数的尝试和奋斗中来的!

约克逊船中的侍者,完全是中国广东人。这次船中头等乘客十分之九是中国青年,足予他们以很大的喜悦。最可敬的是他们很关心于船上美国人对于中国学生的舆论。船抵西雅图之前一两天,他们曾用全体名义,写一篇勉励中国学生为国家争气的话,揭帖在甲板上。文字不十分通顺,而词意真挚异常,我只记得一句,是什么:"漂洋过海广东佬",是诉说他们自己的漂流,和西人的轻视。中国青年自然也很恳挚的回了他们一封信。

海上看不见什么,看落日其实也够有趣的了,不过这很难描写。我看见飞鱼,背上两只蝗虫似的翅膀。我看见两只大鲸鱼,看不见鱼身,只远远看见它们喷水。

此外还有什么可说的呢,船上生活,只像聚什么冬令会,夏令会一般,许多同伴在一起,走来走去,总走不出船的范围。除了几个游艺会演说会之外,谈谈话,看看海,写写信,一天一天的渐渐过尽了。

横渡太平洋之间,平空多出一日,就是有两个八月二十八日。自此以后,我们所度的白日,和故国的不同了!乡梦中的乡魂,飞回故国的时候,我们的家人骨肉,正在光天化日之下,忙忙碌碌。别离的人!连魂来魂往,都不能相遇么?

九月一日之后

早晨抵维多利亚(Victoria)，又看见陆地了。感想纷起！那日早晨的海上日出，美到极处。沙鸥群飞，自小岛边，绿波之上，轻轻的荡出小舟来。一夜不曾睡好，海风一吹，觉得微微怅惘。船上已来了摄影的人，逼我们在烈日下坐了许久，又是国旗，又是国歌的闹了半日。到了大陆上，就又有这许多世事！

船徐徐泛入西雅图(Seattle)。码头上许多金发的人，来回奔走，和登舟之日，真是不同了！大家匆匆的下得船来，到扶桥边，回头一望，约克逊号邮船凝默的泊在岸旁。我无端黯然！从此一百六十几个青年男女，都成了漂泊的风萍。也是一番小小的酒阑人散！

西雅图是三山两湖围绕点缀的城市。连街衢的首尾，都起伏不平，而景物极清幽。这城五十年前还是荒野，如今竟修整得美好异常，可觇国民元气之充足。

匆匆的游览了湖山，赴了几个欢迎会，三号的夜车，便向芝加哥进发。

这串车是专为中国学生预备的，车上没有一个外人，只听得处处乡音。

九月三日以后

最有意思的是火车经过落基山，走了一日。四面高耸的乱山，火车如同一条长蛇，在山半徐徐蜿蜒。这时车后挂着一辆敞车，供我们坐眺。看着巍然的四围青郁的崖石，使人感到自己的渺小。我总觉得看山比看水滞涩些，情绪很抑郁的。

途中无可记，一站一站风驰电掣的过去，更留不下印象。只是过米西西比(Mississippi)河桥时，微月下觉得很玲珑伟大。

七日早到芝加哥(Chicago)，从车站上就乘车出游。那天阴雨，只觉得满街汽油的气味。街市繁盛处多见黑人。经过几个公园和花屋，是较清雅之处，绿意迎人。我终觉得芝加哥不如西雅图。而芝加哥的空旷处，比北京还多些青草！

夜住女青年会干事舍。夜中微雨，落叶打窗，令我抚然，寄家一片，我说：

"几片落叶，报告我以芝加哥城里的秋风！今夜曾到电影场去，灯光骤

明时,大家纷纷立起。我也想回家去,猛觉一身万里,家还在东流的太平洋水之外呢!"

八日晨又匆匆登车,往波士顿进发。这时才感到离群。这辆车上除了我们三个中国女学生外,都是美国人了。

仍是一站一站匆匆的过去,不过此时窗外多平原,有时看见山畔的流泉,穿过山石野树之间,其声潺潺。

九日近午,到了春野(Spring field)时,连那两个女伴也握手下车去。小朋友,从太平洋西岸,绕到大西洋西岸的路程之末。女伴中只剩我一人了。

九月九日以后

九日午到了所谓美国文化中心的波士顿(Boston)。半个多月的旅行,才略告休息。

在威尔斯利大学(Wellesley College)开学以前,我还旅行了三天,到了绿野(Green field)春野等处,参观了几个男女大学,如侯立欧女子大学(Holyoke College),斯密司女子大学(Smith Coll-ege),依默和司德大学(Amherst College)等,假期中看不见什么,只看了几座伟大的学校建筑。

途中我赞美了美国繁密的树林,和平坦的道路。

麻撒出色省(Massachusetts)多湖,我尤喜在湖畔驰车。树影中湖光掩映,极其明媚。又有一天到了大西洋岸,看见了沙滩上游戏的孩子和海鸥,回来作了一夜的童年的梦。的确的,上海登舟,不见沙岸,神户横滨停泊,不见沙岸,西雅图终止,也不见沙岸。这次的海上,对我终是陌生的。反不如大西洋岸旁之一瞬,层层卷荡的海波,予我以最深的回忆与伤神!

九月十七日以后 威尔斯利

从此过起了异乡的学校生活。虽只过了两个多月,而慰冰湖及新的环境和我静中常起的乡愁,将我两个多月的生涯,装点得十分浪漫。

说也凑巧,我住在闭璧楼(Beebe Hall),闭璧楼和海竟有因缘!这座楼是闭璧约翰船主(Captain John Beebe)捐款所筑。因此厅中,及招待室,甬道等处,都悬挂的是海的图画。初到时久不得家书,上下楼之顷,往往呆立在平时堆积信件的桌旁,望了无风起浪的画中的海波,聊以慰安自己。

学校如同一座花园,一个个学生便是花朵。美国女生的打扮,确比中国的美丽。衣服颜色异常的鲜艳,在我这是很新颖的。她们的性情也活泼好

交,不过交情更浮泛一些,这些天然是"西方的"!

功课的事,对你们说很无味。其余的以前都说过了。

小朋友,忽忽又已将周年,光阴过得何等的飞速?明知追写这些事时,要引起我的惆怅,但为着小朋友,我是十分情愿。而且不久要离此,在重受功课的束缚以前,我想到别处山陬海角,过一过漫游流转的生涯,以慰我半年闭居的闷损。趁此宁静的山中,只凭回忆,理清了欠你们的信债。叙事也许不真不详,望你们体谅我是初愈时的心思和精神,没有轻描淡写的力量。

此外曾寄《山中杂记》十则,与我的弟弟,想他们不久就转给你们。再见了,故国故乡的小朋友!再给你们写信的时候,我想已不在青山了。

愿你们平安!

冰　心
一九二四年六月二十八日,沙穰

通 讯 十 九

小朋友:

离青山已将十日了,过了这些天湖海的生涯,但与青山别离之情,不容不告诉你。

美国的佳节,被我在病院中过尽了!七月四号的国庆日,我还想在山中来过。山中自然没有什么,只儿童院中的小朋友,于黄昏时节,曾插着红蓝白三色的花,戴着彩色的纸帽子,举着国旗,整队出到山上游行,口里唱着国歌,从我们楼前走过的时候,我们曾鼓掌欢迎他们。

那夜大家都在我楼上话别,只是黯然中的欢笑。——睡下的时候,我忽然觉得上下的衾单上,满了石子似的多刺的东西,拿出一看,却是无数新生的松子,幸而针刺还软,未曾伤我,我不觉失笑。我们平时,戏弄惯了,在我行前之末一夜,她们自然要尽量的使一下促狭。

大家笑着都奔散了。我已觉倦,也不追逐她们,只笑着将松子纷纷的都掠在地下。衾枕上有了松枝的香气!怪不得她们促我早歇,原来还有这一出喜剧!我卧下,只不曾睡,看着沙穰村中喷起一丛一丛的烟火,红光烛天。今天可听见鞭炮了,我为之怡然。

第二天早起,天气微阴。我绝早起来,悄然的在山中周行。每一棵树,每一丛花,每一个地方,有我埋存手泽之处,都予以极诚恳爱怜之一瞥。山

亭及小桥流水之侧,和万松参天的林中,我曾在此流过乡愁之泪,曾在此有清晨之默坐与诵读,有夫人履——(Lady Slipper)和露之采撷,曾在此写过文章与书函。沙穰在我,只觉得弥漫了闲散天真的空气。

黄昏时之一走,又赚得许多眼泪。我自己虽然未曾十分悲惨,也不免黯然。女伴们雁行站在门边,一一握手,纷纷飞扬的白巾之中,听得她们摇铃送我,我看得见她们依稀的泪眼,人生奈何到处是离别?

车走到山顶,我攀窗回望,绿丛中白色的楼屋,我的雪宫,渐从斜阳中隐过。病因缘从今斩断,我倏忽的生了感谢与些些"来日大难"的悲哀!

我曾对朋友说,沙穰如有一片水,我对她的留恋,必不止此。而她是单纯真朴,她和我又结的是护持调理的因缘,仿佛说来,如同我的乳母。我对她之情,深不及母亲,柔不及朋友,但也有另一种自然的感念。

沙穰还彻底的予我以几种从前未有的经验如下:

第一是"弱"。绝对的静养之中,眠食稍一反常,心理上稍有刺激,就觉得精神全隳,温度和脉跃都起变化。我素来不十分信"健康之精神寓于健康之身体",尤往往从心所欲,过度劳乏了我的身躯。如今理会得身心相关的密切,和病弱扰乱了心灵的安全,我便心诚悦服的听从了医士的指挥。结果我觉得心力之来复,如水徐升。小朋友中有偏重心灵方面之发展与快意的么?望你听我,不蹈此覆辙!

第二是"冷"。冷得真有趣! 更有趣的是我自己毫不觉得,只看来访的朋友们的瑟缩寒颤,和他们对于我们风雪中户外生活之惊奇,才知道自己的"冷"。冷到时只觉得一阵麻木,眼珠也似乎在冻着,双手互握,也似乎没有感觉。然而我愿小朋友听得见我们在风雪中的欢笑! 冻凝的眼珠,还是看书,没有感觉的手,还在写字。此外雪中的拖雪橇,逆风的游行,松树都弯曲着俯在地下,我们的脸上也戴上一层雪面具;自膝以下埋在雪里。四望白茫茫之中,我要骄傲的说:"好的呀! 三个月绝冷的风雪中的驱驰,我比你们温炉暖屋,'雪深三尺不知寒'的人,多练出一些勇敢!"

夜中月明,寒光浸骨,双颊如抵冰块。月下的景物都如凝住,不能转移。天上的冷月冻云,真冷得璀璨! 重衾如铁,除自己骨和肉有暖意外,天上人间四围一切都是冷的。我何等的愿在这种光景之中呵,我唯以为有鱼在水里可以比拟。睡到天明,衾单近呼吸呵气处都凝成薄冰。掀衾起坐,雪纷纷坠,薄冰也迸折有声。真有趣呵,我了解"红泪成冰"的词句了。

第三是"闲"。闲得却有时无趣,但最难得的是永远不预想明日如何。

我们的生活如印板文字,全然相同的一日一日的悠然过去。病前的苦处,是"预定",往往半个月后的日程,早已安排就。生命中,岂容有这许多预定,乱人心曲?西方人都永远在预定中过生活,终日匆匆忙忙的,从容宴笑之间,往往有"心焉不属"的光景。我不幸也曾陷入这种旋涡!沙穰的半年,把"预定"两字,轻轻的从我的字典中删去,觉得有说不出的愉快。

"闲"又予我以写作的自由,想提笔就提笔,想搁笔就搁笔。这种流水行云的写作态度,是我一生所未经,沙穰最可纪念处也在此!

第四是"爱"与"同情"。我要以最庄肃的态度来叙述此段。同情和爱,在疾病忧苦之中,原来是这般的重大而慰藉!我从来以为同情是应得的,爱是必得的,便有一种轻藐与忽视。然而此应得与必得,只限于家人骨肉之间。因为家人骨肉之爱,是无条件的,换一句话说,是以血统为条件的。至于朋友同学之间,同情是难得的,爱是不可必得的,幸而得到,那是施者自己人格之伟大!此次久病客居,我的友人的馈送慰问,风雪中殷勤的来访,显然的看出不是敷衍,不是勉强。至于泛泛一面的老夫人们,手抱着花束,和我谈到病情,谈到离家万里,我还无言,她已坠泪。这是人类之所以为人类,世界之所以成世界呵!我一病何足惜?病中看到人所施于我,病后我知何以施于人。一病换得了"施于人"之道,我一病真何足惜!

"同病相怜"这一句话何等真切?院中女伴的互相怜惜,互相爱护的光景,都使人有无限之赞叹!一个女孩子体温之增高,或其他病情上之变化,都能使全院女伴起了吁嗟。病榻旁默默的握手,慰言已尽,而哀怜的眼里,盈盈的含着同情悲悯的泪光!来从四海,有何亲眷?只一缕病中爱人爱己,知人知己之哀情,将这些异国异族的女孩儿亲密的联在一起。谁道爱和同情,在生命中是可轻藐的呢?

爱在右,同情在左,走在生命路的两旁,随时撒种,随时开花,将这一径长途,点缀得香花弥漫,使穿枝拂叶的行人,踏着荆棘,不觉得痛苦,有泪可落,也不是悲凉。

初病时曾戏对友人说:"假如我的死能演出一出悲剧,那我的不死,我愿能演一出喜剧!"在众生的生命上,撒下爱和同情的种子,这是否演出喜剧呢,我将于此下深思了!

总之,生命路愈走愈远,所得的也愈多。我以为领略人生,要如滚针毡,用血肉之躯去遍挨遍尝,要它针针见血!离合悲欢,不尽其致时,觉不出生命的神秘和伟大。我所经历真不足道!且喜此关一过,来日方长,我所能告诉小朋友的,将来或不止此。

屋中有书三千卷,琴五六具,弹的拨的都有,但我至今未曾动它一动。

中国 20 世纪名家散文经典

与水久别,此十日中我自然尽量的过湖畔海边的生活。水上归来,只低头学绣,将在沙穰时淘气的精神,全部收起。我原说过,只有无人的山中,容得童心的再现呵!

大西洋之游,还有许多可纪。写的已多了,留着下次说罢。祝你们安乐!

冰 心

一九二四年七月十四日,默特佛

通 讯 二 十

小朋友:

水畔驰车,看斜阳在水上泼散出的闪烁的金光,晚风吹来,春衫嫌薄。这种生涯,是何等的宜于病后呵!

在这里,出游稍远便可看见水。曲折行来,道滑如拭。重重的树荫之外,不时倏忽的掩映着水光。我最爱的是玷池,(Spot pond),称她为池真委屈了,她比小的湖还大呢!——有三四个小岛在水中央,上面随意地长着小树。池四围是丛林,绿意浓极。每日晚餐后我便出来游散,缓驰的车上,湖光中看遍了美人芳草!——真是"水边多丽人"。看三三两两成群携手的人儿,男孩子都去领卷袖,女孩子穿着颜色极明艳的夏衣,短发飘拂,轻柔的笑声,从水面,从晚风中传来,非常的浪漫而潇洒。到此猛忆及曾皙对孔子言志,在"暮春者"之后,"浴乎沂风乎舞雩"之前,加上一句"春服既成",遂有无限的飘扬态度,真是千古隽语!

此外的如玄妙湖(Mystic Lake),侦池(Spy pond),角池(Horn pond)等处,都是很秀丽的地方。大概湖的美处在"明媚"。水上的轻风,皱起万叠微波,湖畔再有芊芊的芳草,再有青青的树林,有平坦的道路,有曲折的白色阑干,黄昏时便是天然的临眺乘凉的所在。湖上落日,更是绝妙的画图。夜中归去,长桥上两串徐徐互相往来移动的灯星,颗颗含着凉意。若是明月中天,不必说,光景尤其宜人了!

前几天游大西洋滨岸(Revere Beach),沙滩上游人如蚁。或坐或立,或弄潮为戏,大家都是穿着泅水衣服。沿岸两三里的游艺场,乐声汹汹,人声嘈杂。小孩子们都在铁马铁车上,也有空中旋转车,也有小飞艇,五光十色的。机关一动,都纷纷奔驰,高举凌空。我看那些小朋友们都很欢喜得意的!

这里成了"人海",如蚁的游人,盖没了浪花。我觉得无味。我们掁转车来,直到娜罕(Nahant)去。

渐渐的静了下来。还在树林子里,我已迎到了冷意侵人的海风。再三四转,大海和岩石都横到了眼前!这是海的真面目呵。浩浩万里的蔚蓝无底的洪涛,壮厉的海风,蓬蓬的吹来,带着腥咸的气味。在闻到腥咸的海味之时,我往往忆及童年拾卵石贝壳的光景,而惊叹海之伟大。在我抱肩迎着吹人欲折的海风之时,才了解海之所以为海,全在乎这不可御的凛然的冷意!

在嶙峋的大海石之间,岩隙的树荫之下,我望着卵岩(Egg Rock),也看见上面白色的灯塔。此时静极,只几处很精致的避暑别墅,悄然的立在断岩之上。悲壮的海风,穿过丛林,似乎在奏"天风海涛"之曲。支颐凝坐,想海波尽处,是群龙见首的欧洲,我和平的故乡,比这可望不可即的海天还遥远呢!

故乡没有这明媚的湖光,故乡没有汪洋的大海,故乡没有葱绿的树林,故乡没有连阡的芳草。北京只是尘土飞扬的街道,泥泞的小胡同,灰色的城墙,流汗的人力车夫的奔走,我的故乡,我的北京,是一无所有!

小朋友,我不是一个乐而忘返的人,此间纵是地上的乐园,我却仍是"在客"。我寄母亲信中曾说:

……北京似乎是一无所有! ——北京纵是一无所有,然已有了我的爱。有了我的爱,便是有了一切!灰色的城围里,住着我最宝爱的一切的人。飞扬的尘土呵,何时容我再嗅着我故乡的香气……

易卜生曾说过:"海上的人,心潮往往和海波一般的起伏动荡。"而那一瞬间静坐在岩上的我的思想,比海波尤加一倍的起伏。海上的黄昏星已出,海风似在催我归去。归途中很怅惘。只是还买了一筐新从海里拾出的蛤蜊。当我和车边赤足捧筐的孩子问价时,他仰着通红的小脸笑向着我。他岂知我正默默的为他祝福,祝福他终身享乐此海上拾贝的生涯!

谈到水,又忆起慰冰来。那天送一位日本朋友回南那铁(South Natick)去,道经威尔斯利。车驰穿校址,我先看见圣卜生疗养院,门窗掩闭的凝立在山上。想起此中三星期的小住,虽仍能微笑,我心实凄然不乐。再走已见了慰冰湖上闪烁的银光,我只向她一瞥眼。闭璧楼塔院等等也都从眼前飞过。年前的旧梦重寻,中间隔以一段病缘,小朋友当可推知我黯然的心理!

又是在行色匆匆里,一两天要到新汉寿(New Hampshire)去。似乎又是

中国 20 世纪名家散文经典

在山风松涛之中,到时方可知梗概。晚风中先草此,暑天宜习静,愿你们多写作!

冰　心
一九二四年七月二十二日,默特佛

通讯二十一

冰仲弟:

　　到自由(Freedom)又五六日了,高处于白岭(The White Moun tains)之上,华盛顿(Mount Washington),戚叩落亚(Chocorua)诸岭都在几席之间。这回真是入山深了!此地高出海面一千尺,在北纬四十四度,与吉林同其方位。早晚都是凉飙袭人,只是树枝摇动,不见人影。

　　K教授邀我来此之时,她信上说:"我愿你知道真正新英格兰的农家生活。"果然的,此老屋中处处看出十八世纪的田家风味。古朴砌砖的壁炉,立在地上的油灯,粗糙的陶器,桌上供养着野花,黄昏时自提着罐儿去取牛乳,采葚果佐餐。这些情景与我们童年在芝罘所见无异。所不同的就是夜间灯下,大家拿着报纸,纵谈共和党和民主党的总统选举竞争。我觉得中国国民最大的幸福,就是能居然脱离政府而独立。不但农村,便是去年的北京,四十日没有总统,而万民乐业。言之欲笑,思之欲哭!

　　屋主人是两个姊妹,是K教授的好友,只夏日来居在山上。听说山后只有一处酿私酒的相与为邻,足见此地之深僻了。屋前后怪石嶙峋。黑压压的长着丛树的层岭,一望无际。林影中隐着深谷。我总不敢太远走开去,似乎此山有藏匿虎豹的可能。千山草动,猎猎风生的时候,真恐自暗黑的林中,跳出些猛兽。虽然屋主人告诉我说,山中只有一只箭猪,和一只小鹿,而我终是心怯。

　　于此可见白岭与青山之别了。白岭妩媚处雄伟处都较胜青山,而山中还处处有湖,如银湖(Silver Lake),戚叩落亚湖(Lake Chocorua),洁湖(Purity Lake)等,湖山相衬,十分幽丽。那天到戚叩落亚湖畔野餐,小桥之外,是十里如镜的湖波,波外是突起矗立的戚叩落亚山。湖畔徘徊,山风吹面,情景竟是皈依而不是赏玩!

　　除了屋主人和K教授外,轻易看不见别一个人,我真是寂寞。只有阿历(Alex)是我唯一的游伴了!他才五岁,是纽芬兰的孩子。他母亲在这里佣工。当我初到之夜,他睡时忽然对他母亲说:"看那个姑娘多可怜呵,没有她

母亲相伴,自己睡在大树下的小屋里!"第二天早起,屋主人笑着对我述说的时候,我默默相感,微笑中几乎落下泪来。我离开母亲将一年了,这般彻底的怜悯体恤的言词,是第一次从人家口里说出来的呵!

我常常笑对他说:"阿历,我要我的母亲。"他凝然的听着,想着,过了一会说:"我没有看见过你的母亲,也不知道她在哪里——也许她迷了路走在树林中。"我便说:"如此我找她去。"自此后每每逢我出到林中散步,他便遥遥的唤着问:"你找你的母亲去么?"

这老屋中仍是有琴有书,原不至太闷,而我终感着寂寞,感着缺少一种生活,这生活是去国以后就丢失了的。你要知道么?就是我们每日一两小时傻顽痴笑的生活!

漂浮着铁片作的战舰在水缸里,和小狗捉迷藏,听小弟弟说着从学校听来的童稚的笑话,围炉说些"乱谈",敲着竹片和铜茶盘,唱"数了一个一,道了一个一"的山歌,居然大家沉酣的过一两点钟。这种生活,似乎是痴顽,其实是绝对的需要。这种完全释放身心自由的一两小时,我信对于正经的工作有极大的辅益,使我解愠忘忧,使我活泼,使我快乐。去国后在学校中,病院里,与同伴谈笑,也有极不拘之时,只是终不能痴傻到绝不用点思想的地步。——何况我如今多居于教授,长者之间,往往是终日矜持呢!

真是说不尽怎样的想念你们!幻想山野是你们奔走的好所在,有了伴侣,我也便不怯野游。我何等的追羡往事!"当时语笑浑闲事,过后思量尽可怜。"这两语真说到入骨。但愿经过两三载的别离之后,大家重见,都不失了童心,傻顽痴笑,还有再现之时,我便万分满足了。

山中空气极好,朝阳晚霞都美到极处。身心均舒适,只昨夜有人问我:"听说泰戈尔到中国北京,学生们对他很无礼,他躲到西山去了。"她说着一笑。我淡淡的说:"不见得罢。"往下我不再说什么——泰戈尔只是一个诗人,迎送两方,都太把他看重了。……

于此收住了。此信转小朋友一阅。

冰 心
一九二四年七月二十日,自由,新汉寿

通讯二十二

亲爱的小读者:

每天黄昏独自走到山顶看日落,便看见戚叩落亚(Chocorua)的最高峰。

中国20世纪名家散文经典

全山葱绿,而峰上却稍赤裸,露出山骨。似乎太高了,天风劲厉,不容易生长树木。天边总统山脉(Presidential Range)中诸岭蜿蜒,华盛顿(Washington),麦迭生(Madison)众山重叠相映。不知为何,我只爱看戚叩落亚。

餐桌上谈起来了,C夫人告诉我戚叩落亚是个美洲红人酋长,因情不遂,登最高峰上坠崖自杀。戚叩落亚山便因他命名。她说着又说她记忆不真,最好找一找书看看。我也以山势"英雄"而戚叩落亚死的太"儿女"为恨。今天从书架上取下一本书叫《白岭》(The White Mountains)的,看了一遍。关于戚叩落亚的死因,与C夫人说的不同。我觉得这故事不妨说给小朋友听听!

书上说:"戚叩落亚可称为新英格兰一带最秀丽最堪入画之高山。"——新英格兰系包括美东 Maine,N.H,Mass,R.I.Vermont,Coun.,六省而言,是英国殖民初登岸处,故名。——"高三千五百四十尺,山上有泉,山间有河,山下有湖。新汉寿诸山之中,没有比它再含有美术的和诗的意味的了。

"戚叩落亚山是从一个红人酋长得名。这个酋长被白人杀死于是山的最高峰下。传说不一,一说在罗敷窝(Lovewell)一战之后,红人都向坎拿大退走,只有戚叩落亚留恋故乡和他祖宗的坟墓,不肯与族人同去。他和白人友善,特别的与一个名叫康璧(Campbell)的交好。戚叩落亚只有一个儿子,他一生的爱恋和希望,都倾注在这儿子身上。偶然有一次因着族人会议的事,他须到坎拿大去。他不忍使这儿子受长途风霜之苦,便将他交托给康璧,自己走了。他的儿子在康璧家中,备受款待。只一天,这孩子无意中寻到一瓶毒狐的药,他好奇心盛,一口气喝了下去。等到戚叩落亚回来,只得到他儿子死了葬了的消息!这误会的心碎的酋长,在他负伤的灵魂上,深深刻下了复仇的誓愿。这一天康璧从田间归来,看见他妻和子的尸身,纵横的倒在帐篷的内外。康璧狂奔出去寻觅戚叩落亚,在山巅将他寻见了。正在他发狂似的向白人诅咒的时候,康璧将他射死于最高峰下。

"又一说,戚叩落亚是红人族中的神觋。他的儿子与康璧相好,不幸以意外之灾死在康璧家里。以下的便与上文相同。

"又一说,戚叩落亚是个无罪无猜的红酋,对白人尤其和蔼。只因那时麻撒出色(Massachusetts)百姓,憎恶红人,在波士顿征求红人之酋,每头颅报以百金。于是有一群猎者,贪图巨利,追逐这无辜的红酋,将他乱枪射死于最高峰下!

"英雄的戚叩落亚,在他将死未绝之时,张目扬齿,狂呼的诅咒说:'灾祸临到你们了,白人呵!我愿巨灵在云间发声,其言如火,重重的降罚给你们。我戚叩落亚有一个儿子,而你们在光天化日之下,将他杀死!我愿闪电焚灼你们的肉体,愿暴风与烈火扫荡你们的居民!愿恶魔吹死气在你们的牛羊

身上!愿你们的坟墓沦为红人的战场!愿虎豹狼虫吞噬你们的骨殖!我戚叩落亚如今到巨灵那里去,而我的诅咒却永远的追随着你们!'"

这故事于此终止了。书上说:"此后续来的移民,都不能安生居住,天灾人祸,相继而来;暴风雨,瘟疫,牛羊的死亡,红人的侵袭,岁岁不绝。然而在事实上,近山一带的居民,并未曾受红人之侵迫,只在此数十年中不能牧养牲畜,牛羊死亡相继。大家都归咎于戚叩落亚的诅词。后经科学者的试验,乃是他们饮用的水中,含有石灰质的缘故。

"戚叩落亚的坟墓,传说是在东南山脚下,但还没有确实寻到。"

每天黄昏独自走到山顶看日落,看夕阳自戚叩落亚的最高峰尖下坠,其红如火!连那十八世纪的老屋都隐在丛林之中时,大地上只山岭纵横,看不出一点文化文明之踪迹!这时我往往神游于数百年前,想山正是束额插羽,奔走如飞的红人的世界。我微微的起了悲哀。红人身躯壮硕,容貌黝红而伟丽,与中国人种相似,只是不讲智力,受制被驱于白人,便沦于万劫不复之地!……

那天到康卫(Conway)去,在村店中买了一个小红泥人,金冠散发,首插绿羽,头上围着五色丝绦,腰间束带。我放他在桌上,给他起名叫戚叩落亚,纪念我对于戚叩落亚之追慕,及此次白岭之游。等到年终时节,我拟请他到中国一行,代我贺我母亲新春之喜。——匆此。

冰 心

一九二四年八月六日,白岭

通讯二十三

冰季小弟:

这是清晨绝早的时候,朝日未出,朝露犹零,早餐后便又须离此而去。我以黯然的眼光望着白岭,却又不能不偷这匆匆言别的一早晨,写几个字给你。

只因昨夜在迢迢银河之侧,看见了织女星,猛忆起今天是故国的七月七夕,无数最甜柔的故事,最凄然轻婉的诗歌,以及应景的赏心乐事,都随此佳节而生。我远客他乡,把这些都睽违了,……这且不必管他!

我所要写的,是我们大家太缺少娱乐了。无精打采的娱乐,绝不能使人

生润泽,事业进步。娱乐至少与工作有同等的价值,或者说娱乐是工作之一部分!

娱乐不是"消遣"。"消遣"两字的背后,隐隐的站着"无聊"。百无聊赖的时候,才有消遣;佗傺疾病的时候,才有消遣!对于国事,对于人生,灰心丧志的时候,才有消遣!试看如今一般人所谓的娱乐,是如何的昏乱,如何的无精打采?我决不以这等的娱乐为娱乐!真正的娱乐是应着真正的工作的要求而发生的,换言之,打起精神作真正的工作的人,才热烈的想望,或预备真正的娱乐!

当然的,中国人要有中国人的娱乐,我们有四千多年的故事,传说和历史。我们娱乐的时地和依据,至少比人家多出一倍。从新年说起罢,新年之后,有元宵。这千千万万的繁灯,作树下廊前的点缀,何等灿烂?舞龙灯更是小孩子最热狂最活泼的游戏。三月三日是古人修禊节,也便是我们绝好的野餐时期。流觞曲水,不但仿古人余韵,而且有趣。清明扫墓,虽不焚化纸钱,也可训练小孩子一种恭肃静默的对先人的敬礼;假如清明植树能名实相副,每人每年在祖墓旁边,种一棵小树,不到十年,我们中国也到处有了葱蔚的山林。五月五是特别为小孩子的节期,花花绿绿的香囊,五色丝,大家打扮小孩子。一年中只是这几天,觉得街头巷尾的小孩子,加倍喜欢!这天又是龙舟节,出去泛舟,或是两个学校间的竞渡,也是极好的日子。七月七,是女儿节,只这名字已有无限的温柔!凉夜风静,秋星灿然。庭中陈设着小几瓜果,遍延女伴,轻悄谈笑,仰看双星缓缓渡桥。小孩子满握着煮熟的蚕豆,大家互赠,小手相握,谓之"结缘"。这两字又何其美妙?我每以为"缘"之意想,十分精微,"缘"之一字,十分难译,有天意,有人情,有死生流转,有地久天长。苏子瞻赠他的弟弟子由诗,有"与君世世为兄弟,更结来生未了因。"小弟弟,我今天以这两语从万里外遥赠你了!

八月十五中秋节,满月的银光之下,说着蟾蜍玉兔的故事,何其清切?九月九重阳节,古人登高的日子,我们正好有远足旅行,游览名胜。国庆日不必说,尤须庆祝一下子,只因我觉得除却政治机关及商店悬旗外,家庭中纪念这节期的,似乎没有!

往下不再细说了。翻开古书看一看,如《帝京景物志》之类,还可找出许多有意思可纪念的娱乐的日子来。我觉得中国的节期,都比人家的清雅,每一节期都附以温柔、高洁的故事,惊才绝艳的诗歌,甚至于集会时的食品用器,如五月五的龙舟,粽子,七月七的蚕豆,八月十五的月饼,以及各节期的说不尽的等等一切……我们是一点不必创造。招集小孩子,故事现成,食品现成,玩具现成,要编制歌曲,供小孩的戏唱,也有数不尽的古诗,古文,古词为蓝本。古人供给我们这许多美好的材料,叫我们有最高尚的娱乐,如我们仍不知领略享受,真是太对不起了!

破除迷信,是件极好的事。最可惜的是迷信破除了以后,这些美好的节期,也随着被大家冷淡了下去。我当然不是提倡迷信,偶像崇拜和小孩子扮演神仙故事,截然的是两件事!

不能多写了。朝日已出,厨娘已忙着预备早餐。在今晚日落之前,我便可在一个小海岛之上,你可猜想我是如何的喜欢!我看《诗经》,最爱的是:"蒹葭苍苍,白露为霜,所谓伊人,在水一方……溯回从之,宛在水中央。"我最喜在"水中央"三字,觉得有说不出的飘荡与萦回!——自我开始旅行,除了日记及纸笔之外,半本书也没有带,引用各诗,也许错误,请你找找看。

预算在海上住到月圆时节。"海上生明月"的光景,我已预备下全副心情,供它动荡,那时如写得出,再写些信寄你。

你的姊姊
一九二四年八月七日,白岭

通讯二十四

我的双亲:

窗外涛声微撼,是我到伍岛(Five Islands)之第一夜。我已睡下,B女士进坐在我的床前,说了许多别后的话。她又说:"可惜我不能将你母亲的微笑带来呵!"夜深她出去。我辗转不寐。一年中隔着海洋,我们两地的经过,在生命的波澜又归平靖之后,忽忽追思,竟有无限的感慨!

在新汉寿之末一夜,竟在白岭上过了瓜果节。说起也真有意思。那天白日偶然和众人谈起,黄昏时节,已自忘怀。午睡起后,C夫人忽请我换了新衣。K教授也穿上由中国绣衣改制的西服出来。其余众人,或挂中国的玉佩,或着中国的绸衣。在四山暮色之中,团团坐在屋前一棵大榆树下,端出茶果来,告诉我今夜要过中国的瓜果节。我不禁怡然一笑。我知道她们一来自己寻乐,二来与我送别。我是在家十年未过此节,却在离家数万里外,孤身作客,在绵亘雄伟的白岭之巅,与几位教授长者,过起软款温柔的女儿节来,真是突兀!

那夜是阴历初六,双星还未相迓,银汉间薄雾迷蒙。我竟成了这小会的中心!大家替我斟上蒲公英酒,K教授举杯起立,说:"我为全中国的女儿饮福!"我也起来笑答:"我代全中国的女儿致谢你们!"大家笑着起立饮尽。

第二巡递过茶果,C夫人忽又起立举杯说:"我饮此酒,祝你健康!"于是大家又纷然离座。K教授和E女士又祝福我的将来,杂以雅谑。一时杯声铿然相触,大家欢呼,我笑了,然而也只好引满——

谈至夜阑,谈锋渐趋于诗歌方面。席散后,我忽忆未效穿针乞巧故事,否则也在黑暗中撮弄她们一下子,增些欢笑!

如今到伍岛已逾九日,思想顿然的沉肃了下来。我大错了!十年不近海,追证于童年之乐,以为如今又晨夕与海相处,我的思想,至少是活泼飞扬的。不想她只时时与我以惊跃与凄动!……

九日之中,荡小舟不算外,泛大船出海,已有三次。十三日泛舟至海上聚餐,共载者十六人。乘风扯起三面大帆来,我起初只坐近阑旁,听着水手们扯帆时的歌声,真切的忆起海上风光来。正自凝神,一回头,B博士笑着招我到舟尾去,让我把舵,他说:"试试看,你身中曾否带着航海家之血!"舱面大家都笑着看我。我竟接过舵轮来,一面坐下,凝眸前望,俯视罗盘正在我脚前。这船较小些,管轮和驾驶,只须一人。我握着轮齿,觉得桅杆与水平纵横之距离,只凭左右手之转动而推移。此时我心神倾注,海风过耳而不闻。渐渐驶到叔本葛大河(Sheepcult River)入海之口。两岸较逼,波流汹涌。我扶轮屏息,偶然侧首看见阑旁士女,容色暇豫,言笑宴宴,始恍然知自己一身责任之重大,说起来不值父亲之一笑!比起父亲在万船如蚁之中,将载着数百军士的战舰,驶进广州湾,自然不可同日语,而在无情的波流上,我初次尝试的心,已有无限的惶恐。说来惭愧,我觉得我两腕之一移动,关系着男女老幼十六人性命的安全!

B博士不离我座旁,却不多指示,只凭我旋转自如。停舟后,大家过来笑着举手致敬,称我为船主,称我为航海家的女儿。

这只是玩笑的事,没有说的价值。而我因此忽忽忆起我所未想见的父亲二十年海上的生涯。我深深的承认直接觉着负责任的,无过于舟中的把舵者。一舟是一世界,双手轮转着顷刻间人们的生死,操纵着众生的欢笑与悲号。几百个乘客在舟上,优游谈笑,说着乘风破浪,以为人人都过着最闲适的光阴。不知舱面小室之中,独有一个凝眸望远的船主,以他倾注如痴的辛苦的心目,保持佑护着这一段数百人闲适欢笑的旅途!

我自此深思了!海岛上的生涯,使我心思昏忽。伍岛后有断涧两处,通以小桥。涧深数丈,海波冲击,声如巨雷。穿过松林,立在磐石上东望,西班牙与我之间,已无寸土之隔。岛的四岸,在清晨,在月夜,我都坐过,凄清得很。——每每夜醒,正是潮满时候,海波直到窗下。淡雾中,灯塔里的雾钟

续续的敲着。有时竟还听得见驾驶的银钟,在水面清彻四闻。雪鸥的鸣声,比孤雁还哀切,偶一惊醒,即不复寐……

实在写不尽,我已决意离此。我自己明白知道,工作在前,还不是我回肠荡气的时候!

明天八月十七,邮船便佳城号(City of Bangor)自泊斯(Bath)开往波士顿。我不妨以去年渡太平洋之日,再来横渡大西洋之一角。我真是弱者呵,还是愿意从海道走!

你海上的女儿
一九二四年八月十六日夜,伍岛

通讯二十五

亲爱的小朋友:

海滨归来,又到了湖上。中间虽游了些地方,但都如过眼云烟。半年来的生活,如同缓流的水,无有声响;又如同带上衔勒的小马,负重的,目不旁视的走向前途。童心再也不能唤醒,几番提笔,都觉出了隐微的悲哀。这样一次一次的消停,不觉又将五个月了!

小朋友!饶是如此,还有许多人劝我省了和小孩子通信之力,来写些更重大,更建设的文字。我有何话可说,我爱小孩子。我写儿童通讯的时节,我似乎看得见那天真纯洁的对象,我行云流水似的,不造作,不矜持,说我心中所要说的话。纵使这一切都是虚无呵,也容我年来感着劳顿的心灵,不时的有自由的寄托!

昨夜梦见堆雪人,今晨想起要和你们通信。我梦见那个雪人,在我刚刚完工之后,她忽然蹁跹起舞。我待要追随,霎时间雪花乱飞。我旁立掩目,似乎听得小孩子清脆的声音,在云中说:"她走了——完了!"醒来看见半圆的冷月,从云隙中窥人,叶上的余雪,洒上窗台,沾着我的头面。我惘然的忆起了一篇匆草的旧稿,题目是《赞美所见》,没有什么意思,只是充一充篇幅。课忙思涩,再写信又不知是何日了!愿你们安好!

冰 心
一九二五年二月一日,娜安辟迦楼

中国20世纪名家散文经典

赞美所见

　　湖上晚晴,落霞艳极。与秀在湖旁并坐,谈到我生平宗教的思想,完全从自然之美感中得来。不但山水,看见美人也不是例外!看见了全美的血肉之躯,往往使我肃然的赞叹造物。一样的眼、眉、腰,在万千形质中,偏她生得那般软美!湖山千古依然,而佳人难再得。眼波樱唇,瞬归尘土。归途中落叶萧萧,感叹无尽,忽然作此。

　　假如古人曾为全美的体模,
　　　　赞美造物,
　　我就愿为你的容光膜拜。

　　你——
　　　　樱唇上含蕴着天下的温柔,
　　　　眼波中凝聚着人间的智慧。
　　倘若是那夜我在星光中独泛,
　　　　你羽衣蹁跹,
　　　　飞到我的舟旁——
　　倘若是那晚我在枫林中独步,
　　　　你神光离合
　　临到我的身畔!

　　我只有合掌低头,
　　　　不能惊叹,
　　因你本是个女神
　　　　本是个天人……

　　……………

　　如今哪堪你以神仙的丰姿,
　　　　寄托在一般的血肉之躯,
　　俨然的,
　　　　和我对坐在银灯之下!

我默然瞻仰，
　　隐然生慕，
　　　　慨然兴嗟，
嗟呼，粲者！
我因你赞美了万能的上帝，
嗟呼，粲者！
　　你引导我步步归向于信仰的天家。

我默然瞻仰，
　　隐然生慕，
　　　　慨然兴嗟，
嗟呼，粲者！
你只须转那双深澈智慧的眼光下望，
　　看萧萧落叶遍天涯，
明年春至，
　　还有新绿在故枝上萌芽，
嗟呼，粲者！
　　青春过了，
　　你知道你不如他！

……………

　　樱唇眼波，终是梦痕，
　　温柔智慧中，愿你永存，
　　　　　　阿们！

　　　　　　　　一九二四年十一月一日，娜安辟迦楼

通讯二十六

小朋友：

　　病中，静中，雨中，是我最易动笔的时候；病中心绪惆怅，静中心绪清新，雨中心绪沉潜，随便的拿起笔来，都能写出好些话。

中国20世纪名家散文经典

一夏的"云游",刚告休息。此时窗外微雨,坐守着一炉微火。看书看到心烦,索性将立在椅旁的电灯也捻灭了下去。炉里的木柴,爆裂得息息的响着,火花飞上裙缘。——小朋友! 就是这百无聊赖,雨中静中的情绪,勉强了久不修书的我,又来在纸上和你们相见。

暑前六月十八晨,阴,匆匆的将屋里几盆花草,移栽在树下。殷勤拜托了自然的风雨,替我将护着这一年来案旁伴读的花儿。安顿了惜花心事之后,一天一夜的火车,便将我送到银湾(Silver Bay)去。

银湾之名甚韵! 往往使我忆起纳兰成德"盈盈从此隔银湾,便无风雪也摧残"之句。入湾之顷,舟上看乔治湖(Lake George)两岸青山,层层转翠。小岛上立着丛树,绿意将倦人唤醒起来。银湾渐渐来到了眼前! 黑岭(Black Mountains)高得很,乔治湖又极浩大,山脚下涛声如吼之中,银湾竟有芝罘的风味。

到后寄友人书,曾有"盛名之下,其实难副,人犹如此,地何以堪? 你们将银湾比了乐园,周游之下,我只觉索然!"之语。致她来信说我"诗人结习未除,幻想太高"。实则我曾经沧海,银湾似芝罘,而伟大不足,反不如慰冰及绮色佳,深幽妩媚,别具风格,能以动我之爱悦与恋慕。

且将"成见"撇在一边,来叙述银湾的美景。河亭(Brook Pavilion)建在湖岸远伸处,三面是水。早起在那里读诗,水声似乎和着诗韵。山雨欲来,湖上漫漫飞卷的白云,亭中尤其看得真切。大雨初过,湖净如镜,山青如洗。云隙中霞光灿然四射,穿入水里,天光水影,一片融化在彩虹里,看不分明。光景的奇丽,是诗人画工,都不能描写得到的!

在不系舟上作书,我最喜爱,可惜并没有工夫作。只二十六日下午,在白浪推拥中,独自泛舟到对岸,写了几行。湖水泱泱,往返十里。回来风势大得很,舟儿起落之顷,竟将写好的一张纸,吹没在湖中。迎潮上下时,因着能力的反应,自己觉得很得意,而运桨的两臂,回来后隐隐作痛。

十天之后,又到了绮色佳(Ithaca)。

绮色佳真美! 美处在深幽。喻人如隐士,喻季候如秋,喻花如菊。与泉相近,是生平第一次,新颖得很! 林中行来,处处傍深涧。睡梦里也听着泉声! 六十日的寄居,无时不有"百感都随流水去,一身还被浮名束"这两句,萦回于我的脑海!

在曲折跃下层岩的泉水旁读子书。会心处,悦意处,不是人世言语所能传达。——此外替美国人上了一夏天的坟,绮色佳四五处坟园我都游遍了!

这种地方,深沉幽邃,是哲学的,是使人勘破生死观的。我一星期中至少去三次,抚着碑碣,摘去残花,我觉得墓中很安适的,不知墓中人以我为如何?

刻尤佳湖(Lake Cauaga)为绮色佳名胜之一,也常常在那里泛舟。湖大得很,明媚处较慰冰不如,从略。

八月二十八日,游尼革拉大瀑布(Niagara Falls)。三姊妹岩旁,银涛卷地而来,奔下马蹄岩,直向涡池而去。汹涌的泉涛,藏在微波缓流之下。我乘着小船雾姝号(The maid of mist)直到瀑底。仰望美利坚坎拿大两片大泉,坠云搓絮般的奔注!夕阳下水影深蓝,岩石碎迸,水珠打击着头面。泉雷声中,心神悸动!绮色佳之深邃温柔,幸受此万丈冰泉,洗涤冲荡。月下夜归,恍然若失!

九月二日,雨中到雪拉鸠斯(Syracuse),赴美东中国学生年会。本年会题,是"国家主义与中国",大家很鼓吹了一下。

年会中忙过十天,又回到波士顿来。十四夜心随车驰,看见了波士顿南站灿然的灯光,九十日的幻梦,恍然惊觉……

夜已深,楼上主人促眠。窗外雨仍不止。异乡的虫声在凄凄的叫着。万里外我敬与小朋友道晚安!

冰 心
一九二五年九月十七日夜,默特佛

通讯二十七

小读者:

无端应了惠登大学(Wheaton College)之招,前天下午到梦野(Mansfield)去。

到了车站,看了车表,才知从波士顿到梦野是要经过沙穰的,我忽然起了无名的怅惘!

我离院后回到沙穰去看病友已有两次。每次都是很惘然,心中很怯,静默中强作微笑。看见道旁的落叶与枯枝,似乎一枝一叶都予我以"转战"的回忆!这次不直到沙穰去,态度似乎较客观些,而感喟仍是不免!我记得以前从医院的廊上,遥遥的能看见从林隙中穿过的白烟一线的火车。我记住地点,凝神远望,果然看见雪白的楼瓦,斜阳中映衬得如同琼宫玉宇一般……

清晨七时从梦野回来,车上又瞥见了!早春的天气,朝阳正暖,候鸟初来。我记得前年此日,山路上我的飘扬的春衣!那时是怎样的止水停云般的心情呵!

小朋友!一病算得什么?便值得这样的惊心?我常常这般的问着自己。然而我的多年不见的朋友,都说我改了。虽说不出不同处在哪里,而病前病后却是迥若两人。假如这是真的呢?是幸还是不幸,似乎还值得低徊罢!

昨天回来后,休息之余,心中只怅怅的,念不下书去。夜中灯下翻出病中和你们通讯来看。小朋友,我以一身兼作了得胜者与失败者,两重悲哀之中,我觉得我禁不住有许多欲说的话!

看见过力士搏狮么?当他屏息负隅,张空拳于狰狞的爪牙之下的时候,他虽有震恐,虽有狂傲,但他决不暇有萧瑟与悲哀。等到一阵神力用过,倏忽中掷此百兽之王于死的铁门之内以后,他神志昏聩的抱头颓坐。在春雷般的欢呼声中,他无力的抬起眼来,看见了在他身旁鬣毛森张,似余残喘的巨物。我信他必忽然起了一阵难禁的颤栗,他的全身没在微弱与寂寞的海里!

一败涂地的拿破仑,重过滑铁卢,不必说他有无限的忿激,太息与激昂!然而他的激感,是狂涌而不是深微,是一个人都可抵挡得住。而建了不世之功,退老闲居的惠灵吞,日暮出游,驱车到此战争旧地,他也有一番激感!他仿佛中了了苍茫的怅惘,无主的伤神。斜阳下独立,这白发盈头的老将,在百番转战之后,竟受不住这闲却健儿身手的无边萧瑟!悲哀,得胜者的悲哀呵!

小朋友,与病魔奋战期中的我,是怎样的勇敢与喜乐!我作小孩子,我作 Eskimo,我"足踏枯枝,静听着树叶微语",我"试揭自然的帘幕,蹑足走入仙宫"。如今呢,往事都成陈迹!我"终日矜持",我"低头学绣",我"如同缓流的水,半年来无有声响"。是的呵,"一回到健康道上,世事已接踵而来"!虽然我曾应许"我至爱的母亲"说:"我既绝对的认识了生命,我便愿低首去领略。我便愿遍尝了人生中之各趣;人生中之各趣,我便愿遍尝!——我甘心乐意以别的泪与病的血为赘,推开了生命的宫门。"我又应许小朋友说:"领略人生,要如滚针毡,用血肉之躯去遍挨遍尝,要它针针见血!……来日方长,我所能告诉小朋友的,将来或不止此。"而针针见血的生命中之各趣,是须用一片一片天真的童心去换来的。互相叠积传递之间,我还不知要预备下多少怯弱与惊惶的代价!我改了,为了小朋友与我至爱的母亲,我十分情愿屈服于生命的权威之下。然而我愿小朋友倾耳听一听这弱者,失败者的悲哀!

在我热情忠实的小朋友面前,略消了我胸中块垒之后,我愿报告小朋友一个大家欢喜的消息。这时我的母亲正在东半球数着月亮呢!再经过四次月圆,我又可在母亲怀里,便是小朋友也不必耐心的读我一月前,明日黄花的手书了!我是如何的喜欢呵!

小朋友,我觉得对不起!我又以悱恻的思想,贡献给你们。然而我的"诗的女神"只是一个

满蕴着温柔,
微带着忧愁

的,就让她这样的抒写也好。
敬祝你们的喜乐与健康!

冰 心
一九二六年三月十二日,娜安辟迦楼

山 中 杂 记
——遥寄小朋友

大夫说是养病,我自己说是休息,只觉得在拘管而又浪漫的禁令下,过了半年多。这半年中有许多在童心中可惊可笑的事,不足为大人道。只盼他们看到这几篇的时候,唇角下垂,鄙夷的一笑,随手的扔下。而有两三个孩子,拾起这一张纸,渐渐的感起兴味,看完又彼此嘻笑,讲说,传递;我就已经有说不出的喜欢!本来我这两天有无限的无聊。天下许多事都没有道理,比如今天早起那样的烈日,我出去散步的时候,热得头昏。此时近午,却又阴云密布,大风狂起。廊上独坐,除了胡写,还有什么事可作呢?

一九二四年六月二十三日,沙穰

(一)我怯弱的心灵

我小的时候,也和别的孩子一样,非常的胆小。大人们又爱逗我,我的小舅舅说什么《聊斋》,什么《夜谈随录》,都是些僵尸、白面的女鬼等等。在

中国 20 世纪名家散文经典

他还说着的时候,我就不自然的惴惴的四顾,塞坐在大人中间,故意的咳嗽。睡觉的时候,看着帐门外,似乎出其不意的也许伸进一只鬼手来。我只这样想着,便用被将自己的头蒙得严严地,结果是睡得周身是汗!

十三四岁以后,什么都不怕了。在山上独自中夜走过丛冢,风吹草动,我只回头凝视。满立着狰狞的神像的大殿,也敢在阴暗中小立。母亲屡屡说我胆大,因为她像我这般年纪的时候,还是怯弱的很。

我白日里的心,总是很宁静,很坚强,不怕那些看不见的鬼怪。只是近来常常在梦中,或是在将醒未醒之顷,一阵悚然,从前所怕的牛头马面,都积压了来,都聚围了来。我呼唤不出,只觉得怕得很,手足都麻木,灵魂似乎蜷曲着。挣扎到醒来,只见满山的青松,一天的明月。洒然自笑,——这样怯弱的梦,十年来已绝不作了,作这梦时,又有些悲哀!童年的事都是有趣的,怯弱的心情,有时也极其可爱。

(二)埋存与发掘

山中的生活,是没有人理的。只要不误了三餐和试验体温的时间,你爱作什么就作什么,医生和看护都不来拘管你。正是童心乘时再现的时候,从前的爱好,都拿来重温一遍。

美国不是我的国,沙穰不是我的家。偶以病因缘,在这里游戏半年,离此后也许此生不再来。不留些纪念,觉得有点过意不去,于是我几乎每日作埋存与发掘的事。

我小的时候,最爱作这些事:墨鱼脊骨雕成的小船,五色纸粘成的小人等等,无论什么东西,玩够了就埋起来。树叶上写上字,掩在土里。石头上刻上字,投在水里。想起来时就去发掘看看,想不起来,也就让它悄悄的永久埋存在那里。

病中不必装大人,自然不妨重作小孩子!游山多半是独行,于是随时随地留下许多纪念,名片、西湖风景画,用过的纱巾等等,几乎满山中星罗棋布。经过芍药花下,流泉边,山亭里,都使我微笑,这其中都有我的手泽!兴之所至,又往往去掘开看看。

有时也遇见人,我便扎煞着泥污的手,不好意思的站了起来。本来这些事很难解说。人家问时,说又不好,不说又不好,迫不得已只有一笑。因此女伴们更喜欢追问,我只有躲着她们。

那一次一位旧朋友来,她笑说我近来更孩子气,更爱脸红了。童心的再现,有时使我不好意思是真的,半年的休养,自然血气旺盛,脸红那有什么爱不爱的可言呢?

(三)古国的音乐

去冬多有风雪。风雪的时候,便都坐在广厅里,大家随便谈笑,开话匣子,弹琴,编绒织物等等,只是消磨时间。

荣是希腊的女孩子,年纪比我小一点,我们常在一处玩。她以古国国民自居,拉我作伴,常常和美国的女孩子戏笑口角。

我不会弹琴,她不会唱,但闷来无事,也就走到琴边胡闹。翻来覆去的只是那几个简单的熟调子。于是大家都笑道:"趁早停了罢,这是什么音乐?"她傲然的叉手站在琴旁说:"你们懂得什么?这是东西两古国,合奏的古乐,你们哪里配领略!"琴声仍旧不断,歌声愈高,别人的对话,都不相闻。于是大家急了,将她的口掩住,推到屋角去,从后面连椅子连我,一齐拉开,屋里已笑成一团!

最妙的是连"印第阿那的月"等等的美国调子,一经我们用过,以后无论何时,一听得琴声起,大家都互相点头笑说:"听古国的音乐呵!"

(四)雨雪时候的星辰

寒暑表降到冰点下十八度的时候,我们也是在廊下睡觉。每夜最熟识的就是天上的星辰了。也不过只是点点闪烁的光明,而相看惯了,偶然不见,也有些想望与无聊。

连夜雨雪,一点星光都看不见。荷和我拥衾对坐,在廊子的两角,遥遥谈话。

荷指着说:"你看维纳司(Venus)升起了!"我抬头望时,却是山路转折处的路灯。我怡然一笑,也指着对山的一星灯火说:"那边是周彼得(Jupiter)呢!"

愈指愈多,松林中射来零乱的风灯,都成了满天星宿。真的,雪花隙里,看不出天空和山林的界限,将繁灯当作繁星,简直是抵得过。

一念至诚的将假作真,灯光似乎都从地上飘起。这幻成的星光,都不移动,不必半夜梦醒时,再去追寻它们的位置。

于是雨雪寂寞之夜,也有了慰安了!

（五）她得了刑罚了

休息的时间，是万事不许作的。每天午后的这两点钟，乏倦时觉得需要，睡不着的时候，觉得白天强卧在床上，真是无聊。

我常常偷着带书在床上看，等到看护妇来巡视的时候，就赶紧将书压在枕头底下，闭目装睡。——我无论如何淘气，也不敢大犯规矩，只到看书为止。而璧这个女孩子，往往悄悄的起来，抱膝坐在床上，逗引着别人谈笑。

这一天她又坐起来，看看无人，便指手画脚的学起医生来。大家正卧着看着她笑，看护妇已远远的来了。她的床正对着甬道，卧下已来不及，只得仍旧皱眉的坐着。

看护妇走到廊上。我们都默然，不敢言语。她问璧说，"你怎么不躺下？"璧笑说："我胃不好，不住的打呃，躺下就难受。"看护妇道："你今天饭吃得怎样？"璧惴惴的忍笑的说："还好！"看护妇沉吟了一会便走出去。璧回首看着我们，抱头笑说："你们等着，这一下子我完了！"

果然看见看护妇端着一杯药进来，杯中泡泡作声。璧只得接过，皱眉四顾。我们都用毡子藏着脸，暗暗的笑得喘不过气来。

看护妇看着她一口气喝完了，才又慢慢的出去。璧颓然的两手捧着胸口卧了下去，似哭似笑的说："天呵！好酸！"

她以后不再胡说了，无病吃药是怎样难堪的事。大家谈起，都快意，拍手笑说："她得了刑罚了！"

（六）Eskimo

沙穰的小朋友替我上的 Eskimo 的徽号，是我所喜爱的，觉得比以前的别的称呼都有趣！

Eskimo 是北美森林中的蛮族。黑发披裘，以雪为屋。过的是冰天雪地的渔猎生涯。我哪能像他们那样的勇敢？

只因去冬风雪无阻的在林中游戏行走。林下冰湖正是沙穰村中小朋友的溜冰处。我经过，虽然我们屡次相逢，却没有说话。我只觉得他们往往的停了游走，注视着我，互相耳语。

以后医生的甥女告诉我，沙穰的孩子传说林中来了一个 Eskimo。问他们是怎样说法，他们以黑发披裘为证。医生告诉他们说不是 Eskimo，是院中一个养病的人，他们才不再惊说了。

假如我是真的Eskimo呢,我的思想至少要简单了好些,这是第一件可羡的事。曾看过一本书上说:"近代人五分钟的思想,够原始人或野蛮人想一年的。"人类在生理上,五十万年来没有进步,而劳心劳力的事,一年一年的增加,这是疾病的源泉,人生的不幸!

我愿终身在森林之中,我足踏枯枝,我静听树叶微语。清风从林外吹来,带着松枝的香气。白茫茫的雪中,除我外没有行人。我所见所闻,不出青松白雪之外,我就似可满意了!

出院之期不远,女伴戏对我说:"出去到了车水马龙的波士顿街上,千万不要惊倒,这半年的闭居,足可使你成个痴子!"

不必说,我已自惊悚,一回到健康道上,世事已接踵而来……我倒愿作Eskimo呢。黑发披裘,只是外面的事!

(七)说几句爱海的孩气的话

白发的老医生对我说:"可喜你已大好了,城市与你不宜,今夏海滨之行,也是取销了为妙。"

这句话如同平地起了一个焦雷!

学问未必都在书本上。纽约,康桥,芝加哥这些人烟稠密的地方,终身不去也没有什么,只是说不许我到海边去,这却太使我伤心了。

我抬头张目的说:"不,你没有阻止我到海边去的意思!"

他笑道:"是的,我不愿意你到海边去,太潮湿了,于你新愈的身体没有好处。"

我们争执了半点钟,至终他说:"那么你去一个礼拜罢!"他又笑说:"其实秋后的湖上,也够你玩的了!"

我爱慰冰,无非也是海的关系。若完全的叫湖光代替了海色,我似乎不大甘心。

可怜,沙穰的六个多月,除了小小的流泉外,连慰冰都看不见!山也是可爱的,但和海比,的确比不起,我有我的理由!

人常常说:"海阔天空。"只有在海上的时候,才觉得天空阔远到了尽量处。在山上的时候,走到岩壁中间,有时只见一线天光。即或是到了山顶,而因着天末是山,天与地的界线便起伏不平,不如水平线的齐整。

海是蓝色灰色的。山是黄色绿色的。拿颜色来比,山也比海不过,蓝色灰色含着庄严淡远的意味,黄色绿色却未免浅显小方一些。固然我们常以黄色为至尊,皇帝的龙袍是黄色的,但皇帝称为"天子",天比皇帝还尊贵,而

天却是蓝色的。

海是动的,山是静的;海是活泼的,山是呆板的。昼长人静的时候,天气又热,凝神望着青山,一片黑郁郁的连绵不动,如同病牛一般。而海呢,你看她没有一刻静止!从天边微波粼粼的直卷到岸边,触着崖石,更欣然的溅跃了起来,开了灿然万朵的银花!

四围是大海,与四围是乱山,两者相较,是如何滋味,看古诗便可知道。比如说海上山上看月出,古诗说:"南山塞天地,日月石上生。"细细咀嚼,这两句形容乱山,形容得极好,而光景何等臃肿,崎岖,僵冷,读了不使人生快感。而"海上生明月,天涯共此时",也是月出,光景却何等妩媚,遥远,璀璨!

原也是的,海上没有红白紫黄的野花,没有蓝雀红襟等等美丽的小鸟。然而野花到秋冬之间,便都萎谢,反予人以凋落的凄凉。海上的朝霞晚霞,天上水里反映到不止红白紫黄这几个颜色。这一片花,却是四时不断的。说到飞鸟,蓝雀红襟自然也可爱,而海上的沙鸥,白胸翠羽,轻盈的漂浮在浪花之上,"凌波微步,罗袜生尘"。看见蓝雀红襟,只使我联忆到"山禽自唤名",而见海鸥,却使我联忆到千古颂赞美人,颂赞到绝顶的句子,是"婉若游龙,翩若惊鸿"!

在海上又使人有透视的能力,这句话天然是真的!你倚阑俯视,你不由自主的要想起这万顷碧琉璃之下,有什么明珠,什么珊瑚,什么龙女,什么鲛纱。在山上呢,很少使人想到山石黄泉以下,有什么金银铜铁。因为海水透明,天然的有引人们思想往深里去的趋向。

简直越说越没有完了,总而言之,统而言之,我以为海比山强得多。说句极端的话,假如我犯了天条,赐我自杀,我也愿投海,不愿坠崖!

争论真有意思!我对于山和海的品评,小朋友们愈和我辩驳愈好。"人心之不同,各如其面",这样世界上才有个不同和变换。假如世界上的人都是一样的脸,我必不愿见人。假如天下人都是一样的嗜好,穿衣服的颜色式样都是一般的,则世界成了一个大学校,男女老幼都穿一样的制服。想至此不但好笑,而且无味!再一说,如大家都爱海呢,大家都搬到海上去,我又不得清静了!

(八)他们说我幸运

山作了围墙,草场成了庭院,这一带山林是我游戏的地方。早晨朝露还颗颗闪烁的时候,我就出去奔走,鞋袜往往都被露水淋湿了。黄昏睡起,短裙卷袖,微风吹衣,晚霞中我又游云似的在山路上徘徊。

固然的,如词中所说:"落日解鞍芳草岸,花无人戴,酒无人劝,醉也无人管!"不是什么好滋味;而"无人管"的情景,有时却真难得。你要以山中踯躅的态度,移在别处,可就不行。在学校中,在城市里,是不容你有行云流水的神意的。只因管你的人太多了!

我们楼后的儿童院,那天早晨我去参观了。正值院里的小朋友们在上课,有的在默写生字,有的在作算学。大家都有点事牵住精神,而忙中偷闲,还暗地传递小纸条,偷说偷玩,小手小脚,没有安静的时候。这些孩子我都认得,只因他们在上课,我只在后面悄悄的坐着,不敢和他们谈话。

不见黑板六个月了,这倒不觉得怎样。只是看见教员桌上那个又大又圆的地球仪,满屋里矮小的桌子椅子,字迹很大的卷角的书;倏时将我唤回到十五年前去。而黑板上写着的

$$35 \quad\quad 21 \quad\quad 18 \quad\quad 64$$
$$\underline{-15} \quad\quad \underline{+10} \quad\quad \underline{-\ 9} \quad\quad \underline{\times 69}$$

方程式。以及站在黑板前扶头思索,将粉笔在手掌上乱画的小朋友,我看着更觉得有一种说不出的怅惘。窗外日影徐移,虽不是我在上课,而我呆呆的看着壁上的大钟,竟有急盼放学的意思!

放学了,我正和教员谈话,小朋友们围拢来将我拉开了。保罗笑问我说:"你们那楼里也有功课么?"我说:"没有,我们天天只是玩!"彼得笑叹道:"你真是幸运!"

他们也是休养着,却每天仍有四点钟的功课。我出游的工夫,只在一定的时间里,才能见着他们。

唤起我十五年前的事,惭愧"三七二十一,四七二十八"的背乘数表等等,我已算熬过去,打过这一关来了!而回想半年前,厚而大的笔记本,满屋满架的参考书,教授们流水般的口讲,……如今病好了,这生活还必须去过,又是怃然。

这生活还必须去过。不但人管,我也自管。"哀莫大于心死",被人管的时候,传递小纸条偷说偷玩等事,还有工夫作。而自管的时候,这种动机竟绝然没有。十几年的训练,使人绝对的被书本征服了!

小朋友,"幸运"这两字又岂易言?

(九)机器与人类幸福

小朋友一定知道机器的用处和好处,就是省人力,能在很短的时间内作

很重大的工作。

在山中闲居,没有看见别的机器的机会,而山右附近的农园中的机器,已足使我赞叹。

他们用机器耕地,用机器撒种,以至于刈割等等,都是机器一手经理。那天我特地走到山前去,望见农人坐在汽机上,开足机力,在田地上突突爬走。很坚实的地土,汽机过处,都水浪似的,分开两边,不到半点钟工夫,很宽阔一片地,都已耕松了。

农人从衣袋里掏出表来一看,便缓缓的捩转汽机,回到园里去。我也自转身。不知为何,竟然微笑。农人运用大机器,而小机器的表,又指挥了农人。我觉得很滑稽!

我小的时候,家园墙外,一望都是麦地。耕种收割的事,是最熟见不过的了。农夫农妇,汗流浃背的蹲在田里,一锄一锄的掘,一镰刀一镰刀的割。我在旁边看着,往往替他们吃力,又觉得迟缓的可怜!

两下里比起来,我确信机器是增进人类幸福的工具。但昨天我对于此事又有点怀疑。

昨天一下午,楼上楼下几十个病人都没有睡好!休息的时间内,山前耕地的汽机,轧轧的声满天地。酷暑的檐下,蒸炉一般热的床上,听着这单调而枯燥,震耳欲聋的铁器声,连续不断,脑筋完全跟着它颠簸了。焦躁加上震动,真使人有疯狂的倾向!

楼上下一片喃喃怨望声,却无法使这机器止住。结果我自己头痛欲裂。楼下那几个日夜发烧到一百零三,一百零四度的女孩子,我真替她们可怜,更不知她们烦恼到什么地步!农人所节省的一天半天的工夫,和这几十个病人,这半日精神上所受的痛苦和损失,比较起来,相差远了!机器又似乎未必能增益人类的幸福。

想起幼年我的书斋只和麦地隔一道墙。假如那时的农人也用机器,简直我的书不用念了!

这声音直到黄昏才止息。我因头痛,要出去走走,顺便也去看看那害我半日不得休息的汽机。——走到田边,看见三四个农人正站着踌躇,手臂都叉在腰上,摇头叹息。原来机器坏了。这座东西笨重的很,十个人也休想搬得动,只得明天再开一座汽机来拉它。

我一笑就回来了——

中国20世纪名家散文经典

（十）鸟兽不可与同群

女伴都笑菲玲是个傻子。而她并没有傻子的头脑,她的话有的我很喜欢。她说:"和人谈话真拘束,不如同小鸟小猫去谈。它们不扰乱你,而且温柔的静默的听你说。"

我常常看见她坐在樱花下,对着小鸟,自说自笑。有时坐在廊上,抚着小猫,半天不动。这种行径,我并不觉得讨厌,也许就是因此,女伴才赠她以傻子的徽号,也未可知。

和人谈话未必真拘束,但如同生人,大人先生等等,正襟危坐的谈起来,却真不能说是乐事。十年来正襟危坐谈话的时候,一天比一天的多。我虽也作惯了,但偶有机会,我仍想释放我自己。这半年我就也常常作傻子了!

第一乐事,就是拔草喂马。看着这庞然大物,温驯的磨动它的松软的大口,和齐整的大牙,在你手中吃嚼青草的时候,你觉得它有说不尽的妩媚。

每日山后牛棚,拉着满车的牛乳罐的那匹斑白大马,我每日喂它。乳车停住了,驾车人往厨房里搬运牛乳,我便慢慢的过去。在我跪伏在樱花底下,拔那十样锦的叶子的时候,它便侧转那狭长而良善的脸来看我,表示它的欢迎与等待。我们渐渐熟识了,远远的看见我,它便抬起头来。我相信我离开之后,它虽不会说话,它必每日的怀念我。

还有就是小狗了。那只棕色的,在和我生分的时候,曾经吓过我。那一天雪中游山,出其不意在山顶遇见它,它追着我狂吠不止,我吓得走不动。它看我吓怔了,才住了吠,得了胜利似的,垂尾下山而去。我看它走了,一口气跑了回来。一夜没有睡好,心脉每分钟跳到一百十五下。

女伴告诉我,它是最可爱的狗,从来不咬人的。以后再遇见它,我先呼唤它的名字,它竟摇尾走了过来。自后每次我游山,它总是前前后后的跟着走。山林中雪深的时候,光景很冷静。它总算助了我不少的胆子。

此外还有一只小黑狗,尤其跳荡可爱。一只小白狗,也很驯良。

我从来不十分爱猫。因为小猫很带狡猾的样子,又喜欢抓人。医院中有一只小黑猫,在我进院的第二天早起刚开了门,它已从门隙塞进来,一跃到我床上,悄悄的便伏在我的怀前,眼睛慢慢的闭上,很安稳的便要睡着。我最怕小猫睡时呼吸的声音!我想推它,又怕它抓我。那几天我心里又难过,因此愈加焦躁。幸而看护妇不久便进来!我皱眉叫她抱出这小猫去。

以后我渐渐的也爱它了。它并不抓人。当它仰卧在草地上,用前面两只小爪,拨弄着玫瑰花叶,自惊自跳的时候,我觉得它充满了活泼的欢悦。

小鸟是怎样的玲珑娇小呵！在北京城里，我只看见老鸦和麻雀。有时也看见啄木鸟。在此却是雪未化尽，鸟儿已成群的来了。最先的便是青鸟。西方人以青鸟为快乐的象征，我看最恰当不过。因为青鸟的鸣声中，婉转的报着春的消息。

知更雀的红胸，在雪地上，草地上站着，都极其鲜明。小蜂雀更小到无可苗条，从花梢飞过的时候，竟要比花还小。我在山亭中有时抬头瞥见，只屏息静立，连眼珠都不敢动，我似乎恐怕将这弱不禁风的小仙子惊走了。

此外还有许多毛羽鲜丽的小鸟，我因找不出它们的中国名字，只得阙疑。早起朝日未出，已满山满谷的起了轻美的歌声。在朦胧的晓风之中，欹枕倾听，使人心魂俱静。春是鸟的世界，"以鸟鸣春"和"春眠不觉晓，处处闻啼鸟"，这两句话，我如今彻底的领略过了！

我们幕天席地的生涯之中，和小鸟最相亲爱。玫瑰和丁香丛中更有青鸟和知更雀的巢，那巢都是筑得极低，一伸手便可触到。我常常去探望小鸟的家庭，而我却从不作偷卵捉雏等等破坏它们家庭幸福的事。我想到我自己不过是暂时离家，我的母亲和父亲已这样的牵挂。假如我被人捉去，关在笼里，永远不得回来呢，我的父亲母亲岂不心碎？我爱自己，也爱雏鸟，我爱我的双亲，我也爱雏鸟的双亲！

而且是怎样有趣的事，你看小鸟破壳出来，很黄的小口，毛羽也很稀疏，觉得很丑。它们又极其贪吃，终日张口在巢里啾啾的叫！累得它母亲飞去飞回的忙碌。渐渐的长大了，它母亲领它们飞到地上。它们的毛羽很蓬松，两只小腿蹒跚的走，看去比它们的母亲还肥大。它们很傻的样子，茫然的跟着母亲乱跳。母亲偶然啄得了一条小虫，它们便纷然的过去，啾啾的争着吃。早起母亲教给它们歌唱，母亲的声音极婉转，它们的声音，却很憨涩。这几天来，它们已完全的会飞了，会唱了，也知道自己觅食，不再累它们的母亲了。前天我去探望它们时，这些雏鸟已不在巢里，它们已筑起新的巢了，在离它们的父母的巢不远的枝上，它们常常来看它们的父母的。

还有虫儿也是可爱的。藕合色的小蝴蝶，背着圆壳的蜗牛，嗡嗡的蜜蜂，甚至于水里每夜乱唱的青蛙，在花丛中闪烁的萤虫，都是极温柔，极其孩气的。你若爱它，它也爱你们。因为它们太喜爱小孩子。大人们太忙，没有工夫和它们玩。

通讯二十八

亲爱的娘：

今晨得到冰仲弟自京寄来的《寄小读者》，匆匆的翻了一过，我止水般的

热情,重复荡漾了起来!亲爱的母亲!我的脚已踏着了祖国的田野,我心中复杂的蕴结着欢慰与悲凉!念七日的黄昏,三年前携我远游的约克逊号,徐徐的驶进吴淞口岸的时候,我抱柱而立。迎着江上吹面不寒的和风,我心中只掩映着母亲的慈颜。三年之别,我并不曾改,我仍是三年前母亲的娇儿,仍是念余年前母亲怀抱中的娇儿!

上海苦热,回忆船上海风中看明月的情景,真是往事都成陈迹!念六夜海波如吼,水影深黑,只在明月与我之间,在水上铺成一条闪烁碎光的道路。看着船旁烨然飞溅的浪花,这一星星都迸碎了我远游之梦!母亲,你是大海,我只是刹那间溅跃的浪花。虽暂时在最低的空间上,幻出种种的闪光,而在最短的时间中,即又飞进母亲的怀里。母亲!我美游之梦,已在欠伸将觉之中。祖国的海波,一声声的洗淡了我心中个个的梦中人影。母亲!梦中人只是梦中人,除了你,谁是我永久灵魂之归宿?

念七晨我未明即起,望见了江上片片祖国的帆影之后,我已不能再睡觉!我俯在圆窗上看满月西落,紫光欲退,而东方天际的明霞,又已报我以天光的消息!母亲,为了你,万里归来的女儿,都觉得这些国外也常常看见的残月朝晖,这时却都予我以极浓热的慕恋的情意。

母亲,我只是一个山陬海隅的孩子,一个北方乡野的孩子。上海实在住不了!长裙短衫,蝶翅般的袖子,油光的头,额上不自然的剪下三四缕短发。这般千人一律,不个性的打扮,我觉得心烦而又畏怯。这里热得很,哥哥姊姊们又喜欢灌我酒。前晚喝的是"大宛香",还容易下咽,今夜是"白玫瑰露",真把我吃醉了。匆匆的走上楼来和衣而卧。酒醒已是中夜,明月正当着我的窗户。朦胧中记得是离家已近,才免去那"杨柳岸晓风残月"的悲哀。

母亲!你看我写的歪斜的字,嫂嫂笑说我仍在病酒!我定八月二夜北上了。我爱母亲!我怕热,我不会吃酒,还是回家好!

这封信转小朋友看看不妨事罢?

还家的女儿
七月三十日上海

通讯二十九

最亲爱的小读者:

我回家了!这"回家"二字中我迸出了感谢与欢欣之泪!三年在外的光阴,回想起来,曾不如流波之一瞥。我写这信的时候,小弟冰季守在旁边。

中国20世纪名家散文经典

窗外,红的是夹竹桃,绿的是杨柳枝,衬以北京的蔚蓝透彻的天。故乡的景物,一一回到眼前来了!

小朋友!你若是不曾离开中国北京,不曾离开到三年之久,你不会赞叹欣赏北京蔚蓝的天!清晨起来,揭帘外望,这一片海波似的青空,有一两堆洁白的云,疏疏的来往着,柳叶儿在晓风中摇曳,整个的送给你一丝丝凉意。你觉得这一种"冷处浓"的幽幽的乡情,是异国他乡所万尝不到的!假如你是一个情感较重的人,你会兴起一种似欢喜非欢喜,似怅惘非怅惘的情绪。站着痴望了一会子,你也许会流下无主,皈依之泪!

在异国,我只遇见了两次这种的云影天光。一次是前年夏日在新汉寿(New Hampshire)白岭之巅。我午睡乍醒,得了英伦朋友的一封书,是一封充满了友情别意,并描写牛津景物写到引人入梦的书。我心中杂揉着怅惘与欢悦,带着这信走上山巅去,猛然见了那异国的蓝海似的天!四围山色之中,这油然一碧的天空,充满了一切。漫天匝地的斜阳,酿出西边天际一两抹的绛红深紫。这颜色须臾万变,而银灰,而鱼肚白,倏然间又转成灿然的黄金。万山沉寂,因着这奇丽的天末的变幻,似乎太空有声!如波涌,如鸟鸣,如风啸,我似乎听到了那夕阳下落的声音。这时我骤然间觉得弱小的心灵被这伟大的印象,升举到高空,又倏然间被压落在海底!我觉出了造化的庄严,一身之幼稚,病后的我,在这四周艳射的景象中,竟伏于纤草之上,呜咽不止!

还有一次是今年春天,在华京(Washington DC.)之一晚。我从枯冷的纽约城南行,在华京把"春"寻到!在和风中我坐近窗户,那时已是傍晚,这国家妇女会(National Women's Party)舍,正对着国会的白楼。半日倦旅的眼睛,被这楼后的青天唤醒!海外的小朋友!请你们饶恕我,在我倏忽的惊叹了国会的白楼之前,两年半美国之寄居,我不曾觉出她是一个庄严的国度!

这白楼在半天矗立着,如同一座玲珑洞开的仙阁。被楼旁的强力灯逼射着,更显得出那楼后的青空。两旁也是伟大的白石楼舍。楼前是极宽阔的白石街道。雪白的球灯,整齐的映照着。路上行人,都在那伟大的景物中,寂然无声。这种天国似的静默,是我到美国以来第一次寻到的。我寻到了华京与北京相同之点了!

我突起的乡思,如同一个波澜怒翻的海!把椅子推开,走下这一座万静的高楼,直向大图书馆走去。路上我觉得有说不出的愉快与自由。杨柳的新绿,摇曳着初春的晚风。熟客似的,我走入大阅书室,在那里写着日记。写着忽然忆起陆放翁的"唤作主人原是客,知非吾土强登楼"的两句诗来。细细咀嚼这"唤"字和"强"字的意思,我的意兴渐渐的萧索了起来!

我合上书,又洋洋的走了出去。出门来一天星斗。我长吁一口气。——看见路旁一辆手推的篷车,一个黑人在叫卖炒花生栗子。我从病后是不吃零食的,那时忽然走上前去,买了两包。那灯下黝黑的脸,向我很和气的一笑,又把我强寻的乡梦搅断!我何尝要吃花生栗子?无非要强以华京作北京而已!

写到此我腕弱了,小朋友,我觉得不好意思告诉你们,我回来后又一病逾旬,今晨是第一次写长信。我行程中本已憔悴困顿,到家后心里一松,病魔便乘机而起。我原不算是十分多病的人,不知为何,自和你们通讯,我生涯中便病忙相杂,这是怎么说的呢!

故国的新秋来了。新愈的我,觉得有喜悦的萧瑟!还有许多话,留着以后说罢,好在如今我离着你们近了!

你热情忠实的朋友,在此祝你们的喜乐!

冰 心

一九二六年八月三十一日,圆恩寺

中国20世纪名家散文经典

南归

去年秋天,楫自海外归来,住了一个多月又走了。他从上海十月三十日来信说:"……今天下午到母亲墓上去了,下着大雨。可是一到墓上,阳光立刻出来。母亲有灵!我照了六张相片。照完相,雨又下起来了。姊姊!上次离国时,母亲在床上送我,嘱咐我,不想现在是这样的了!……"

我的最小偏怜的海上漂泊的弟弟!我这篇《南归》,早就在我心头,在我笔尖上。只因为要瞒着你,怕你在海外孤身独自,无人劝解时,得到这震惊的消息,读到这一切刺心刺骨的经过。我挽住了如澜的狂泪,直待到你归来,又从我怀中走去。在你重过漂泊的生涯之先,第一次参拜了慈亲的坟墓之后,我才来动笔!你心下一切都已雪亮了。大家颤栗相顾,都已作了无母之儿,海枯石烂,世界上慈怜温柔的恩福,是没有我们的份了!我纵然尽写出这深悲极恸的往事,我还能在你们心中,加上多少痛楚?!我还能在你们心中,加上多少痛楚?!

现在我不妨解开血肉模糊的结束,重理我心上的创痕。把心血呕尽,眼泪倾尽,和你们恣情开怀的一恸,然后大家饮泣收泪,奔向母亲要我们奔向的艰苦的前途!

我依据着回忆所及,并参阅藻的日记,和我们的通信,将最鲜明,最灵活,最酸楚的几页,一直写记了下来。我的握笔的手,我的笔儿,怎想到有这样运用的一天!怎想到有这样运用的一天!

前冬十二月十四日午,藻和我从城中归来,客厅桌上放着一封从上海来的电报,我的心立刻震颤了。急忙的将封套拆开,上面是"……母亲云,如决回,提前更好",我念完了,抬起头来,知道眼前一片是沉黑的了!

藻安慰我说:"这无非是母亲想你,要你早些回去,决不会怎样的。"我点点头。上楼来脱去大衣,只觉得全身颤栗,如冒严寒。下楼用饭之先,我打电话到中国旅行社买船票。据说这几天船只非常拥挤,须等到十九日顺天船上,才有舱位,而且还不好。我说无论如何,我是走定了。即使是猪圈,是狗窦,只要能把我渡过海去,我也要蜷伏几宵——就这样的定下了船票。

夜里如同睡在冰穴中,我时时惊跃。我知道假如不是母亲病的危险,父亲决不会在火车断绝,年假未到的时候,催我南归。他拟这电稿的时候,虽然有万千的斟酌使词气缓和,而背后隐隐的着急与悲哀是掩不住的——藻用无尽的言语来温慰我;说身体要紧,无论怎样,在路上,在家里,过度的悲哀与着急,都与自己母亲是无益有害的。这一切我也知道,便饮泪收心的睡了一夜。

以后的几天,便消磨在收拾行装,清理剩余手续之中。那几天又特别的冷。朔风怒号,楼中没有一丝暖气。晚上藻和我总是强笑相对,而心中的怔忡,孤悬,恐怖,依恋,在不语无言之中,只有钟和灯知道了!

杰还在学校里,正预备大考。南归的消息,纵不能瞒他,而提到母亲病的推测,我们在他面前,总是很乐观的,因此他也还坦然。天晓得,弟弟们都是出乎常情的信赖我。他以为姊姊一去,母亲的病是不会成问题的。可怜的孩子,可祝福的无知的信赖!

十八日的下午四时二十五分的快车,藻送我到天津。这是我们蜜月后的第一次同车,虽然仍是默默的相挨坐着,而心中的甜酸苦乐,大不相同了!窗外是凝结的薄雪,窗隙吹进砭骨的冷风,斜日黯然,我已经觉得腹痛。怕藻着急,不肯说出,又知道说了也没用,只不住的喝热茶。七点多钟到天津,下了月台,我已痛得走不动了。好容易挣出站来,坐上汽车,径到国民饭店,开了房间,我一直便躺在床上。藻站在床前,眼光中露出无限的惊惶:"你又病了?"我呻吟着点一点头。——我以后才发现这病是慢性的盲肠炎。这病根有十年了,一年要发作一两次。每次都痛彻心腑,痛得有时延长至十二小时。行前为预防途中复发起见,曾在协和医院仔细验过,还看不出来。直到以后从上海归来,又患了一次,医生才绝对的肯定,在协和开了刀,这已是第二年三月中的事了。

这夜的痛苦,是逐秒逐分的加紧,直到夜中三点。我神志模糊之中,只觉得自己在床上起伏坐卧,呕吐,呻吟,连藻的存在都不知道了。中夜以后,

中国20世纪名家散文经典

才渐渐的缓和,转过身来对坐在床边拍抚着我的藻,作颓乏的惨笑。他也强笑着对我摇头不叫我言语。慢慢的替我卸下大衣,严严的盖上被。我觉得刚一闭上眼,精魂便飞走了!

醒来眼里便满了泪;病后的疲乏,临别的依恋,眼前旅行的辛苦,到家后可能的恐怖的事实,都到心上来了。对床的藻,正作着可怜的倦梦。一夜的劳瘁,我不忍唤醒他,望着窗外天津的黎明,依旧是冷酷的阴天!我思前想后,除了将一切交给上天之外,没有别的方法了!

这一早晨,我们又相倚的坐着。船是夜里十时开,藻不能也不敢说出不让我走的话,流着泪告诉我:"你病得这样!我是个穷孩子,忍心的丈夫。我不能陪你去,又不能替你预备下好舱位,我让你自己在这时单身走!……"他说着哽咽了。我心中更是甜酸苦辣,不知怎么好,又没有安慰他的精神与力量,只有无言的对泣。

还是藻先振起精神来,提议到梁任公家里,去访他的女儿周夫人,我无力的赞成了。到那里蒙他们夫妇邀去午饭。席上我喝了一杯白兰地酒,觉得精神较好。周夫人对我提到她去年的回国,任公先生的病以及他的死。悲痛沉挚之言,句句使我闻之心惊胆跃,最后实在坐不住,挣扎着起来谢了主人。发了一封报告动身的电报到上海,两点半钟便同藻上了顺天船。

房间是特别官舱,出乎意外的小!又有大烟囱从屋角穿过。上铺已有一位广东太太占住,箱儿篓子,堆满了一屋。幸而我行李简单,只一副卧具,一个手提箱。藻替我铺好了床,我便蜷曲着躺下。他也蜷伏着坐在床边。门外是笑骂声、叫卖声、喧呶声、争竞声;杂着油味、垢腻味、烟味、咸味、阴天味;一片的拥挤,窒塞,纷扰,叫嚣!我忍住呼吸,闭着眼。藻的眼泪落在我的脸上:"爱,我恨不能跟了你去!这种地方岂是你受得了的!"我睁开眼,握住他的手:"不妨事,我原也是人类中之一!"

直挨到夜中九时,烟囱旁边的横床上,又来了一位女客,还带着一个小女儿。屋里更加紧张拥挤了,我坐了起来,拢一拢头发,告诉藻:"你走罢,我也要睡一歇,这屋里实在没有转身之地了!"因着早晨他说要坐三等车回北平去,又再三的嘱咐他:"天气冷,三等车上没有汽炉,还是不坐好。和我同甘苦,并不在于这情感用事上面!"他答应了我,便从万声杂沓之中挤出去了。

——到沪后,得他的来信说:"对不起你,我毕竟是坐了三等车。试想我看着你那样走的,我还有什么心肠求舒适?即此,我还觉得未曾分你的辛苦于万一!更有一件可喜的事,我将剩下的车费在市场的旧书摊上,买了几本书了……"

——这几天的海行,窗外只看见唐沽的碎裂的冰块,和大海的洪涛。人

气蒸得模糊的窗眼之内,只听得人们的呕吐。饭厅上,茶房连叠声叫"吃饭咧!"以及海客的谈时事声,涕唾声。这一百多钟头之中,我已置心身于度外,不饮不食,只求能睡,并不敢想到母亲的病状。睡不着的时候,只瞑目遐思夏日蜜月旅行中之西湖莫干山的微蓝的水,深翠的竹,以求超过眼前地狱景况于万一!

二十二日下午,船缓缓的开进吴淞口,我赶忙起来梳头著衣,早早的把行装收拾好。上海仍是阴天!我推测着数小时到家后可能的景况,心灵上只有颤栗,只有祈祷!江上的风吹得萧萧的,寒星般的万船樯头的灯火,照映在黄昏的深黑的水上,画出弯颤的长纹。晚六时,船才缓缓的停在浦东。我又失望,又害怕,孤身旅行,这还是第一次。这些脚夫和接水,我连和他们说话的胆量都没有,只把门紧紧的关住,等候家里的人来接。直等到七时半,客人们都已散尽,连茶房都要下船去了。无可奈何,才开门叫住了一个中国旅行社的接客,请他照应我过江。

我坐在颠簸的摆渡上,在水影灯光中,只觉得不时摇过了黑而高大的船舷下,又越过了几只横渡的白篷带号码的小船。在料峭的寒风之中,淋漓精湿的石阶上,踏上了外滩。大街楼顶广告上的电灯联成的字,仍旧追逐闪烁着,电车仍旧是隆隆不绝的往来的走着。我又已到了上海!万分昏乱的登上旅行社运箱子的汽车,连人带箱子从几个又似迅速又似疲缓的转弯中,便到了家门口。

按了铃,元来开门。我头一句话,是"太太好了么?"他说:"好一点了。"我顾不得说别的,便一直往楼上走。父亲站在楼梯的旁边接我。走进母亲屋里,华坐在母亲床边,看见我站了起来。小菊倚在华的膝旁,含羞的水汪汪的眼睛直望着我。我也顾不得抱她,我俯下身去,叫了一声"妈!"看母亲时,真病得不成样子了!所谓"骨瘦如柴"者,我今天才理会得!比较两月之前,她仿佛又老了二十岁。额上似乎也黑了。气息微弱到连话也不能说一句,只用悲喜的无主的眼光看着我……

父亲告诉我电报早接到了。涵带着苑从下午五时便到码头去了,不知为何没有接着。这时小菊在华的推挽里,扑到我怀中来,叫了一声"姑姑"。小脸比从前丰满多了,我抱起她来,一同伏到母亲的被上。这时我的眼泪再也止不住了,赶紧回头走到饭厅去。

涵不久也回来了,脸冻得通红——我这时方觉得自己的腿脚,也是冰块一般的僵冷。——据说是在外滩等到七时。急得不耐烦,进到船公司去问,公司中人待答不理的说:"不知船停在哪里,也许是没有到罢!"他只得转了回来。

中国20世纪名家散文经典

饭桌上大家都默然。我略述这次旅行的经过,父亲凝神看着我,似乎有无限的过意不去。华对我说发电叫我以后,才告诉母亲的,只说是我自己要来。母亲不言语,过一会子说:"可怜的,她在船上也许时刻提心吊胆的想到自己已是没娘的孩子了!"

饭后涵华夫妇回到自己的屋里去。我同父亲坐在母亲的床前。母亲半闭着眼,我轻轻的替她拍抚着。父亲悄声的问:"你看母亲怎样?"我不言语,父亲也默然,片响,叹口气说:"我也看着不好,所以打电报叫你,我真觉得四无依傍——我的心都碎了!……"

此后的半个月,都是侍疾的光阴了。不但日子不记得,连昼夜都分不清楚了!一片相连的是母亲仰卧的瘦极的睡容,清醒时低弱的语声和憔悴的微笑,窗外的阴郁的天,壁炉中发爆的煤火,凄绝静绝的半夜炉台上滴答的钟声,黎明时四壁黯然的灰色,早晨开窗小立时濛濛的朝雾!在这些和泪的事实之中,我如同一个无告的孤儿,独自赤足拖踏过这万重的火焰!

在这一片昏乱迷糊之中,我只记得侍疾的头几天,我是每天晚上八点就睡,十二点起来,直至天明。起来的时候,总是很冷。涵和华摩挲着忧愁的倦眼,和我交替,我站在壁炉边穿衣裳,母亲慢慢的侧过头来说:"你的衣服太单薄了,不如穿上我的黑骆驼绒袍子,省得冻着!"我答应了,她又说:"我去年头一次见藻,还是穿那件袍子呢。"

她每夜四时左右,总要出一次冷汗,出了汗就额上冰冷。在那时候,总要喝南枣北麦汤,据说是止汗滋补的。我恐她受凉,又替她缝了一块长方的白绒布,轻轻的围在额上。母亲闭着眼微微的笑说:"我像观世音了。"我也笑说:"也像圣母呢!"

因着骨痛的关系,她躺在床上,总是不能转侧。她瘦得只剩一把骨了,褥子嫌太薄,被又嫌太重。所以褥子底下,垫着许多棉花枕头,鸭绒被等,上面只盖着一层薄薄的丝绵被头。她只仰着脸在半靠半卧的姿势之下,过了我和她相亲的半个月,可怜的病弱的母亲!

夜深人静,我偎卧在她的枕旁。若是她精神较好,就和我款款的谈话,语音轻得似天半飘来,在半朦胧半追忆的神态之中,我看她的石像似的脸,我的心绪和眼泪都如潮涌上。她谈着她婚后的暌离和甜蜜的生活,谈到幼年失母的苦况,最后便提到她的病。她说:"我自小千灾百病的,你父亲常说:'你自幼至今吃的药,总集起来,够开一间药房的了。'真是我万想不到,我会活到六十岁!男婚女嫁,大事都完了。人家说,'久病床前无孝子',我这次病了五个月,你们真是心力交瘁!我对于我的女儿,儿子,媳妇,没有一

毫的不满意。我只求我快快的好了，再享两年你们的福……"我们心力交瘁，能报母亲的恩慈于万一么？母亲这种过分爱怜的话语，使听者伤心得骨髓都碎了！

如天之福，母亲临终的病，并不是两月前的骨疯。可是她的老病"胃痛"和"咳嗽"又回来了。在每半小时一吃东西之外，还不住的要服药，如"胃活""止咳丸"之类，而且服量要每次加多。我们知道这些药品都含有多量的麻醉性的，起先总是竭力阻止她多用。几天以后，为着她的不能支持的痛苦，又渐渐的知道她的病是没有痊愈的希望，只得咬着牙，忍着心肠，顺着她的意思，狂下这种猛剂，节节的暂时解除她突然袭击的苦恼。

此后她的精神愈加昏弱了，日夜在半醒不醒之间。却因着咳嗽和胃痛，不能睡得沉稳，总得由涵用手用力的替她揉着，并且用半催眠的方法，使她入睡。十二月二十四夜，是基督降生之夜。我伏在母亲的床前，终夜在祈祷的状态之中！在人力穷尽的时候，宗教的倚天祈命的高潮，淹没了我的全意识。我觉得我的心香一缕勃勃上腾，似乎是哀求圣母，体恤到婴儿爱母的深情，而赐予我以相当的安慰。那夜街上的欢呼声，爆竹声不停。隔窗看见我们外国邻人的灯彩辉煌的圣诞树，孩子们快乐的歌唱跳跃，在我眼泪模糊之中，这些都是针针的痛刺！

半夜里父亲低声和我说："我看你母亲的身后一切该预备了。旧式的种种规矩，我都不懂。而且我看也没有盲从的必要。关于安葬呢——你想还回到故乡去么？山遥水隔的，你们轻易回不去，年深月久，倒荒凉了，是不是？不过这须探问你母亲的意思。"我说："父亲说出这话来，是最好不过的了。本来这些迷信禁忌的办法，我们所以有时屈从，都是不忍过拂老人家的意思。如今父亲既不在乎这些，母亲又是个最新不过的人。纵使一切犯忌都有后验，只要母亲身后的事能舒舒服服的办过去，千灾五毒，都临到我们四个姊弟身上，我们也是甘心情愿的！"

——第二天我们便托了一位亲戚到万国殡仪馆接洽一切。钢棺也是父亲和我亲自选定的。这些以后在我寄藻和杰的信中，都说得很详细。——

这样又过了几天。母亲有时稍好，微笑的躺着。小菊爬到枕边，捧着母亲的脸叫"奶奶"。华和我坐在床前，谈到秋天母亲骨痛的时候，有时躺在床上休息，有时坐在廊前大椅上晒太阳，旁边几上总是供着一大瓶菊花。母亲说："是的，花朵儿是越看越鲜，永远不使人厌倦的。病中阳光从窗外进来，照在花上，我心里便非常的欢畅！"母亲这种爱好天然的性情，在最深的病苦中，仍是不改。她的骨痛，是由指而臂，而肩背，而膝骨，渐渐下降，全身僵痛，日夜如在桎梏之中，偶一转侧，都痛彻心腑。假如我是她，我要痛哭，我

中国20世纪名家散文经典

要狂呼,我要咒诅一切,弃掷一切。而我的最可敬爱的母亲,对于病中的种种,仍是一样的接受,一样的温存。对于儿女,没有一句性急的话语;对于奴仆,却更加一倍的体恤慈怜。对于这些无情的自然,如阳光,如花卉,在她的病的静息中,也加倍的温煦馨香。这是上天赐予,唯有她配接受享用的一段恩福!

我们知道母亲决不能过旧历的新年了,便想把阳历的新年,大大的点缀一下。一清早起来,先把小菊打扮了,穿上大红缎子棉袍,抱到床前,说给奶奶拜年。桌上摆上两盘大福桔,炉台窗台上的水仙花管,都用红纸条束起。又买了十几盏小红纱灯,挂在床角上,炉台旁,电灯下。我们自己也略略的妆扮了,——我那时已经有十天没有对镜梳掠了!我觉得平常过年,我们还没有这样的起劲!到了黄昏我将十几盏纱灯点起挂好之后,我的眼泪,便不知是从哪里来的,一直流个不断了!

有谁经过这种的痛苦?你的最爱的人,抱着最苦恼的病,要在最短的时间内从你的腕上臂中消逝;同时你要佯欢诡笑的在旁边伴着,守着,听着,看着,一分一秒的爱惜恐惧着这同在的光阴!这样的生活,能使青年人老,老年人死,在天堂上的人,下了地狱!世间有这样痛苦的人呵,你们都有了我的最深极厚的同情!

裁缝来了,要裁作母亲装裹的衣裳。我悄悄的把他带到三层楼上。母亲平时对于穿著,是一点不肯含糊的。好的时候遇有出门,总是把要穿的衣服,比了又比,看了又看,熨了又熨。所以这次我对于母亲寿衣的材料,颜色,式样,尺寸,都不厌其详的叮咛嘱咐了。告诉他都要和好人的衣裳一样的作法,若含糊了要重作的。至于外面的袍料,帽子,袜子,手套等,都是我偷出睡觉的时间来,自己去买的。那天上海冷极,全市如冰。而我的心灵,更有万倍的僵冻!

回来脱了外衣,走到母亲跟前。她今天又略好了些,问我:"睡足了么?"我笑说:"睡足了。"因又谈起父亲的生日——阳历一月三日,阴历十二月四日——快到了。父亲是在自己生日那天结婚的。因着母亲病了,父亲曾说过不作生日,而父母亲结婚四十年的纪念,我们却不能不庆祝。这时父亲涵华等都在床前,大家凑趣谈笑,我们便故作娇痴的佯问母亲作新娘时的光景。母亲也笑着,眼里似乎闪烁着青春的光辉。她告诉我们结婚的仪式,赠嫁的妆奁,以及佳礼那天怎样的被花冠压得头痛。我们都笑了。爬在枕边的小菊看见大家笑,也莫名其妙的大声娇笑。这时,眼前一切的悲怀,似乎都忘却了。

第二天晚上为父亲暖寿。这天母亲又不好,她自己对我说:"我这病恐怕不能好了。我从前看弹词,每到人临危的时候总是说'一日轻来一日重,一日添症八九分'。便是我此时的景象了。"我们都忙笑着解释,说是天气的关系,今天又冷了些。母亲不言语。但她的咳嗽,愈见艰难了,吐一口痰,都得有人使劲的替她按住胸口。胃痛也更剧烈了,每次痛起,面色惨变。——晚上,给父亲拜寿的子侄辈都来了。涵和华忙着在楼下张罗。我仍旧守在母亲旁边。母亲不住的催我,快拢拢头,换换衣服,下楼去给父亲拜寿。我含着泪答应了。草草的收拾毕,下得楼来,只看见寿堂上红烛辉煌,父亲坐在上面,右边并排放着一张空椅子。我一跪下,眼泪突然的止不住了,一翻身赶紧就上楼去,大家都默然相视无语。

夜里母亲忽然对我提起她自己儿时侍疾的事了:"你比我有福多了,我十四岁便没了母亲!你外祖母是痨病,那年从九月九卧床,就没有起来。到了腊八就去世了。病中都是你舅舅和我轮流伺候着。我那时还小,只记得你外祖母半夜咽了气,你外祖父便叫老妈子把我背到前院你叔祖母那边去了。从那时起,我便是没娘的孩子了。"她叹了一口气,"腊八又快到了。"我那时真不知说什么好。母亲又说:"杰还不回来——算命的说我只有两孩子送终,有你和涵在这里,我也满意了。"

父亲也坐在一边,慢慢的引她谈到生死,谈到故乡的茔地。父亲说:"平常我们所说的'狐死首丘',其实也不是……"母亲便接着说:"其实人死了,只剩一个躯壳,丢在哪里都是一样。何必一定要千山万水的运回去,将来糊口四方的子孙们也照应不着。"

现在回想,那时母亲对于自己的病势,似乎还模糊,而我们则已经默晓了,在轮替休息的时间内,背着母亲,总是以眼泪洗面。我知道我的枕头永远是湿的。到了时候,走到母亲面前,却又强笑着,谈些不要紧的宽慰话。涵从小是个浑化的人,往常母亲病着,他并不会怎样的小心伏侍。这次他却使我有无限的惊奇!他静默得像医生,体贴得像保姆。我在旁静守着,看他喂桔汁,按摩,那样子不像儿子伏侍母亲,竟像父亲调护女儿!他常对我说:"病人最可怜,像小孩子,有话说不出来。"他说着眼眶便红了。

这使我如何想到其余的两个弟弟!杰是夏天便到唐沽工厂实习去了。母亲的病态,他算是一点没有看见。楫是十一月中旬走的。海上漂流,明年此日,也不见得会回来。母亲对于楫,似乎知道是见不着了,并没有怎样的念道他。却常常的问起杰:"年假快到了,他该回来了罢?"一天总问起三四次,到了末几天,她说:"他知道我病,不该不早回!作母亲的一生一世的事,……"我默然,母亲哪里知道可怜的杰,对于母亲的病还一切蒙在鼓里呢!

中国20世纪名家散文经典

十二月三十一夜,除夕。母亲自己知道不好,心里似乎很着急,一天对我说了好几次:"到底请个大医生来看一看,是好是坏,也叫大家定定心。"其实那时隔一两天,总有医生来诊。照样的打补针,开止咳的药,母亲似乎腻烦了。我们立刻商量去请Ⅴ大夫,他是上海最有名的德国医生,秋天也替她看过的。到了黄昏,大夫来了。我接了进来,他还认得我们,点首微笑。替母亲听听肺部,又慢慢的扶她躺下,便走到桌前。我颤声的问:"怎么样?"他回头看了看母亲,"病人懂得英文么?"我摇一摇头,那时心胆已裂!他低声说:"没有希望了,现时只图她平静的度过最后的几天罢了!"

本来是我们意识中极明了的事,却经大夫一说破,便似乎全幕揭开了。一场悲惨的现象,都跳跃了出来!送出大夫,在甬道上,华和我都哭了,却又赶紧的彼此解劝说:"别把眼睛哭红了,回头母亲看出,又惹她害怕伤心。"我们拭了眼泪,整顿起笑容,走进屋里,到母亲床前说:"医生说不妨事的,只要能安心静息,多吃东西,精神健朗起来,就慢慢的会好了。"母亲点一点头。我们又说:"今夜是除夕,明天过新历年了,大家守岁罢。"

领略人生,可是一件容易事?我曾说过种种无知,痴愚,狂妄的话语,我说:"我愿遍尝人生中的各趣,人生中的各趣,我都愿遍尝。"又说:"领略人生,要如滚针毡,用血肉之躯,去遍挨遍尝,要它针针见血。"又说:"哀乐悲欢,不尽其致时,看不出生命之神秘与伟大。"其实所谓之"神秘""伟大",都是未经者理想企望的言词,过来人自欺解嘲的话语!我宁可作一个麻木,白痴,浑噩的人,一生在安乐,卑怯,依赖的环境中过活。我不愿知神秘,也不必求伟大!

话虽如此,而人生之逼临,如狂风骤雨。除了低头闭目颤栗承受之外,没有半分方法。待到雨过天青,已另是一个世界。地上只有衰草,只有落叶,只有曾经风雨的凋零的躯壳与心灵。霎时前的浓郁的春光,已成隔世!那时你反要自诧!你曾有何福德,能享受了从前种种怡然畅然,无识无忧的生活!

我再不要领略人生,也更不要领略如十九年一月一日之后的人生!那种心灵上惨痛,脸上含笑的生活,曾碾我成微尘,绞我为液汁。假如我能为力,当自此斩情绝爱,以求免重过这种的生活,重受这种的苦恼!但这又有谁知道!

一月三日,是父亲的正寿日。早上便由我自到市上,买了些零吃的东西,如果品,点心,熏鱼,烧鸭之类。因为我们知道今晚的筵席,只为的是母

亲一人。吃起整桌的菜来,是要使她劳乏的。到了晚上,我们将红灯一齐点起;在她床前,摆下一个小圆桌;桌上满满的分布着小碟小盘;一家子团团的坐下。把父亲推坐在母亲的旁边,笑说:"新郎来了。"父亲笑着,母亲也笑了!她只尝了一点菜,便摇头叫"撤去罢,你们到前屋去痛快的吃,让我歇一歇"。我们便把父亲留下,自己到前头匆匆的胡乱的用了饭。到我回来,看见父亲倚在枕边,母亲朦朦胧胧的似乎睡着了。父亲眼里满了泪!我知道他觉得四十年的春光,不堪回首了!

如此过了两夜。母亲的痛苦,又无限量的增加了。肺部狂热,无论多冷,被总是褪在胸下;炉火的火焰,也隔绝不使照在脸上(这总使我想到《小青传》中之"痰灼肺然,见粒而呕"两语)。每一转动,都喘息得接不过气来。大家的恐怖心理,也无限量的紧张了。我只记得我日夜口里只诵祝着一句祈祷的话,是:"上帝接引这纯洁的灵魂!"这时我反不愿看母亲多延日月了,只求她能恬静平安的解脱了去!到了夜半,我仍半跪半坐的伏在她床前,她看着我喘息着说:"辛苦你了……等我的事情过去了,你好好的睡几夜,便回到北平去,那时什么事都完了。"母亲把这件大事说得如此平凡,如此稳静!我每次回想,只有这几句话最动我心!那时候我也不敢答应,喉头已被哽咽塞住了!

张妈在旁边,抚慰着我。母亲似乎又入睡了。张妈坐在小凳上,悄声的和我谈话,她说:"太太永远是这样疼人的!秋天养病的时候,夜里总是看通宵的书,叫我只管睡去。半夜起来,也不肯叫我。我说:'您可别这样自己挣扎,回头摔着不是玩的。'她也不听。她到天亮才能睡着。到了少奶奶抱着菊姑娘过来,才又醒起。"

谈到母亲看的书,真是比我们家里什么人看的都多。从小说,弹词,到杂志,报纸,新的,旧的,创作的,译述的,她都爱看。平常好的时候,天天夜里,不是作活计,就是看书,总到十一二点才睡。晨兴绝早,梳洗完毕,刀尺和书,又上手了。她的针线匣里,总是有书的。她看完又喜欢和我们谈论,新颖的见解,总使我们惊奇。有许多新名词,我们还是先从她口中听到的,如"普罗文学"之类。我常默然自惭,觉得我们在新思想上反像个遗少,作了落伍者!

一月五夜,父亲在母亲床前。我困倦已极,侧卧在父亲床上打盹,被母亲呻吟声惊醒,似乎母亲和父亲大声争执。我赶紧起来,只听见母亲说:"你行行好罢,把安眠药递给我,我实在不愿意再俄延了!"那时母亲辗转呻吟,

面红气喘。我知道她的痛苦,已达极点!她早就告诉过我,当她骨痛的时候,曾私自写下安眠药名,藏在袋里,想到了痛苦至极的时候,悄悄的叫人买了,全行服下,以求解脱——这时我急忙走到她面前,万般的劝说哀求。她摇头不理我,只看着父亲。父亲呆站了一会,回身取了药瓶来,倒了两丸,放在她嘴里。她连连使劲摇头,喘息着说:"你也真是……又不是今后就见不着了!"这句话如同兴奋剂似的,父亲眉头一皱,那惨肃的神宇,使我起栗。他猛然转身,又放了几粒药丸在她嘴里。我神魂俱失,飞也似的过去攀住父亲的臂儿,已来不及了!母亲已经吞下药,闭上口,垂目低头,仿佛要睡。父亲颓然坐下,头枕在她肩旁,泪下如雨。我跪在床边,欲呼无声,只紧紧的牵着父亲的手,凝望着母亲的睡脸。四周惨默,只有时钟滴答的声音。那时是夜中三点,我和父亲颤栗着相倚至晨四时。母亲睡容惨淡,呼吸渐渐急促,不时的干咳,仍似日间那种咳不出来的光景,两臂向空抱捉。我急忙悄悄的去唤醒华和涵,他们一齐惊起,睡眼蒙胧的走到床前,看见这景象,都急得哭了。华便立刻要去请大夫,要解药,父亲含泪摇头。涵过去抱着母亲,替她抚着胸口。我和华各抱着她一只手,不住的在她耳边轻轻的唤着。母亲如同失了知觉似的,垂头不答。在这种状态之下,延至早晨九时。直到小菊醒了,我们抱她过来坐在母亲床上,教她抱着母亲的头,摇撼着频频的唤着"奶奶"。她唤了有几十声,在她将要急哭了的时候,母亲的眼皮,微微一动。我们都跃然惊喜,围拢了来,将母亲轻轻的扶起。母亲仍是朦朦胧胧的,只眼皮不时的动着。在这种状态之下,又延至下午四时。这一天的工夫,我们也没有梳洗,也不饮食,只围在床前,悬空挂着恐怖希望的心!这一天比十年还要长,一家里连雀鸟都住了声息!

四时以后母亲才半睁开眼,长呻了一声,说:"我要死了!"她如同从浓睡中醒来一般,抬眼四下里望着。对于她服安眠药一事,似乎全不知道。我上前抱着母亲,说"母亲睡得好罢?"母亲点点头,说"饿了!"大家赶紧将久炖在炉上的鸡露端来,一匙一匙的送在她嘴里。她喝完了又闭上眼休息着。我们才欢喜的放下心来,那时才觉得饥饿,便轮流去吃饭。

那夜我倚在母亲枕边,同母亲谈了一夜的话。这便是三十年来末一次的谈话了!我说的话多,母亲大半是听着。那时母亲已经记起了服药的事,我款款的说:"以后无论怎样,不能再起这个服药的念头了!母亲那种咳不出来,两手抓空的光景,别人看着,难过不忍得肝肠都断了。涵弟直哭着说:'可怜母亲不知是要谁?有多少话说不出来!'连小菊也都急哭了。母亲看……"母亲听着,半晌说:"我自己一点不觉得痛苦,只如同睡了一场大觉。"

那夜,轻柔得像湖水,隐约得像烟雾。红灯放着温暖的光。父亲倦乏之

余,睡得十分甜美。母亲精神似乎又好,又是微笑的圣母般的瘦白的脸。如同母亲死去复生一般,喜乐充满了我的四肢。我说了无数的憨痴的话:我说着我们欢乐的过去,完全的现在,繁衍的将来,在母亲迷糊的想象之中,我建起了七宝庄严之楼阁。母亲喜悦的听着,不时的参加两句。……到此我要时光倒流,我要诅咒一切,一逝不返的天色已渐渐的大明了!

一月七晨,母亲的痛苦已到了终极了!她厉声的拒绝一切饮食。我们从来不曾看见过母亲这样的声色,觉得又害怕,又胆怯,只好慢慢轻轻的劝说。她总是闭目摇头不理,只说:"放我去罢,叫我多挨这几天痛苦作什么!"父亲惊醒了,起来劝说也无效。大家只能围站在床前,看着她苦痛的颜色,听着她悲惨的呻吟!到了下午,她神志渐渐昏迷,呻吟的声音也渐渐微弱。医生来看过,打了一次安眠止痛的针。又拨开她的眼睑,用手电灯照了照,她的眼光已似乎散了!

这时我如同痴了似的,一下午只两手抱头,坐在炉前,不言不动,也不到母亲跟前去。只涵和华两个互相依傍的,颤栗的,在床边坐着。涵不住的剥着桔子,放在母亲嘴里,母亲闭着眼都吸咽了下去。到了夜九时,母亲脸色更惨白了。头摇了几摇,呼吸渐渐急促。涵连忙唤着父亲。父亲跪在床前,抱着母亲在腕上。这时我才从炉旁慢慢的回过头来,泪眼模糊里,看见母亲鼻子两边的肌肉,重重的抽缩了几下,便不动了。我突然站起过去,抱住母亲的脸,觉得她鼻尖已经冰凉。涵俯身将他的银表,轻轻的放在母亲鼻上,战兢的拿起一看,表壳上已没有了水气。母亲呼吸已经停止了。他突然回身,两臂抱着头大哭起来。那时正是一月七夜九时四十五分。我们从此是无母之人了,呜呼痛哉!

关于这以后的事,我在一月十一晨寄给藻和杰的信中,说的很详细,照录如下:

亲爱的杰和藻:

我在再四思维之后,才来和你们报告这极不幸极悲痛的消息。就是我们亲爱的母亲,已于正月七夜与这苦恼的世界长辞了!她并没有多大的痛苦,只如同一架极玲珑的机器,走的日子多了,渐渐停止。她死去时是那样的柔和,那样的安静。那快乐的笑容,使我们竟不敢大声的哭泣,仿佛恐怕惊醒她一般。那时候是夜中九时四十五分。那日是阴历腊八,也正是我们的外祖母,她自己亲爱的母亲,四十六年前离世之日!

至于身后的事呢,是你们所想不到的那样庄严,清贵,简单。

中国 20 世纪名家散文经典

当母亲病重的时候,我们已和上海万国殡仪馆接洽清楚,在那里预备了一具美国的钢棺。外面是银色凸花的,内层有整块的玻璃盖子,白绫捏花的里子。至于衣衾鞋帽一切,都是我去备办的,件数不多,却和生人一般的齐整讲究。……

经过是这样:在母亲辞世的第二天早晨,万国殡仪馆便来一辆汽车,如同接送病人的卧车一般,将遗体运到馆中。我们一家子也跟了去。当我们在休息室中等候的时候,他们在楼下用药水灌洗母亲的身体。下午二时已收拾清楚,安放在一间紫色的屋子里,用花圈绕上,旁边点上一对白烛。我们进去时,肃然的连眼泪都没有了!堂中庄严,如入寺殿。母亲安稳的仰卧在矮长榻之上,深棕色的锦被之下,脸上似乎由他们略用些美容术,觉得比寻常还好看。我们俯下去偎着母亲的脸,只觉冷彻心腑,如同石膏制成的慈像一般!我们开了门,亲友们上前行礼之后,便轻轻将母亲举起,又安稳装入棺内,放在白绫簇花的枕头上,齐肩罩上一床红缎绣花的被,盖上玻璃盖子。棺前仍旧点着一对高高的白烛。紫绒的桌罩下立着一个银十字架。母亲慈爱纯洁的灵魂,长久依傍在上帝的旁边了!

五点多钟诸事已毕。计自逝世至入殓,才用十七点钟。一切都静默,都庄严,正合母亲的身分。客人散尽,我们回家来,家里已洒扫清楚。我们穿上灰衫,系上白带,为母亲守孝。家里也没有灵位。只等母亲放大的相片送来后,便供上鲜花和母亲爱吃的果子,有时也焚上香。此外每天早晨合家都到殡仪馆,围立在棺外,隔着玻璃盖子,瞻仰母亲如睡的慈颜!

这次办的事,大家亲友都赞成,都艳美,以为是没有半分糜费。我们想母亲在天之灵一定会喜欢的。异地各戚友都已用电报通知。楫弟那里,因为他远在海外,环境不知怎样,万一他若悲伤过度,无人劝解,可以暂缓告诉。至于杰弟,因为你病,大考又在即,我们想来想去,终以为恐怕这消息是终久瞒不住的,倘然等你回家以后,再突然告诉,恐怕那时突然的悲痛和失望,更是难堪。杰弟又是极懂事极明白的人。你是母亲一块肉,爱惜自己,就是爱母亲。在考试的时候,要镇定,就凡事就序,把书考完再回来,你别忘了你仍旧是能看见母亲的!

我们因为等你,定二月二日开吊,三日出殡。那万国公墓是在虹桥路。草树葱茏,地方清旷,同公园一般。上海又是中途,无论

我们下南上北,或是到国外去,都是必经之路,可以随时参拜,比回老家去好多了。

藻呢,父亲和我都十二分希望你还能来。母亲病时曾说:"我的女婿,不知我还能见着他否?"你如能来,还可以见一见母亲。父亲又爱你,在悲痛中有你在,是个慰安。不过我顾念到我的经济问题,一切由你自己斟酌。

这事的始末是如此了。涵仍在家里,等出殡后再上南京。我们大概是都上北平去,为的是父亲离我们近些,可以照应。杰弟要办的事很多,千万要爱惜精神,遏抑感情,储蓄力量。这方是孝。你看我写这信时何等安静,稳定?杰弟是极有主见的人,也当如此,是不是?

此信请留下,将来寄桴!

永远爱你们的冰心　正月十一晨

我这封信虽然写的很镇定,而实际上感情的掀动,并不是如此!一月七夜九时四十五分以后,在茫然昏然之中,涵,华和我都很早就寝,似乎积劳成倦,睡得都很熟。只有父亲和几个表兄弟在守着母亲的遗体。第二天早起,大家乱烘烘的从三层楼上,取下预备好了的白衫,穿罢相顾,不禁失声!下得楼来,又看见饭厅桌上,摆着厨师父从早市带来的一筐蜜桔——是我们昨天黄昏,在厨师父回家时,吩咐他买回给母亲吃的。才有多少时候?蜜桔买来,母亲已经去了!

小菊穿着白衣,系着白带,白鞋白袜,戴着小蓝呢白边帽子,有说不出的飘逸和可爱。在殡仪馆大家没有工夫顾到她,她自在母亲榻旁,摘着花圈上的花朵玩耍。等到黄昏事毕回来,上了楼,尽了梯级,正在大家彷徨无主,不知往哪里走,不知说什么好的时候,她忽然大哭说:"找奶奶,找奶奶。奶奶哪里去了?怎么不回来了!"抱着她的张妈,忍不住先哭了,我们都不由自主的号啕大哭起来。

吃过晚饭,父亲很早就睡下了。涵,华和我在父亲床前炉边,默然的对坐。只见炉台上时钟的长针,在凄清的滴答声中,徐徐移动。在这针徐徐的将指到九点四十分的时候,涵突然站起,将钟摆停了,说"姊姊,我们睡罢!"他头也不回,便走了出去。华和我望着他的背影,又不禁滚下泪来。九时四十五分!又岂只是他一个人,不忍再看见这炉台上的钟,再走到九时四十五分!

天未明我就忽然醒了,听见父亲在床上转侧。从前窗下母亲的床位,今天从那里透进微明来,那个床没有了,这屋里是无边的空虚,空虚,千愁万

绪,都从晓枕上提起。思前想后,似乎世界上一切都临到尽头了!

在那几天内,除了几封报丧的信之外,关于母亲,我并没有写下半个字。虽然有人劝我写哀启,我以为不但是"语无伦次"之中,不能写出什么来,而且"先慈体素弱"一类的文字,又岂能表现母亲的人格于万一?母亲的聪明正直,慈爱温柔,从她作孙女儿起,至作祖母止,在她四围的人对她的疼怜,眷恋,爱戴,这些情感,在我知识内外的,在人人心中都是篇篇不同的文字了。受过母亲调理,栽培的兄姊弟侄,个个都能写出一篇最真挚最沉痛的哀启。我又何必来敷衍一段,使他们看了觉得不完全不满意的东西?

虽然没有写哀启,我却在父亲下泪搁笔之后,替他凑成一副挽联。我觉得那却是字字真诚,能表现那时一家的情感!联语是:

  教养全赖卿贤,五个月病榻呻吟,最可怜娇儿爱婿,
    死别生离,儿辈伤心失慈母。
  晚近方知我老,四十载春光顿歇,那忍看稚孙弱媳,
    承欢强笑,举家和泪过新年。

在那几天内,除了每天清晨,一家子从寓所走到殡仪馆参谒母亲的遗容之外,我们都不出门。从殡仪馆归来,照例是阴天。进了屋子,刚擦过的地板,刚旺上来的炉火——脱了外面的衣服,在炉边一坐,大家都觉得此心茫茫然无处安放!我那几天的日课,是早晨看书,作活计。下午多有戚友来看,谈些时事,一天也就过去。到了夜里,不是呆坐,就是写信。夜中的心情,现在追忆已模糊了,为写这篇文章,检出旧信,觉得还可以寻迹:

藻:

  真想不到现在才能给你写这封长信。藻,我从此是没有娘的孩子了!这十几天的辛苦,失眠,落到这么一个结果。我的悲痛,我的伤心,岂是千言万语所说得尽?前日打起精神,给你和杰弟写那一封慰函,也算是肝肠寸断。……这两天家中倒是很安静,可是更显出无边的空虚,孤寂。我在父亲屋中,和他作伴。白天也不敢睡,怕他因寂寞而伤心,其实我躺下也睡不着。中夜惊醒,尤为难过,……

            ——摘录一月十三信

  母亲死后的光阴真非人过的!就拿今晚来说,父亲出门访友

去了;涵和华在他们屋里;我自己孤零零的坐在母亲屋内。四围只有悲哀,只有寂寞,只有凄凉。连炉炭爆发的声音,都予我以辛酸的联忆。这种一人独在的时光,我已过了好几次了,我真怕,彻骨的怕,怎么好?

因着母亲之死,我始惊觉于人生之极短。生前如不把温柔尝尽,死后就无从追讨了。我对于生命的前途,并没有一点别的愿望,只愿我能在一切的爱中陶醉,沉没。这情爱之杯,我要满满的斟,满满的饮。人生何等的短促,何等的无定,何等的虚空呵!

千言万语仍回到一句话来,人生本质是痛苦,痛苦之源,乃是爱情过重。但是我们仍不能不饮鸩止渴,仍从生痛苦之爱情中求慰安。何等的痴愚呵,何等的矛盾呵!

写信的地方,正是母亲生前安床之处。我愈写愈难过了,愈写愈糊涂了。若再写下去,我连气息也要窒住了!

——摘录一月十八夜信

一月二十六夜,因为杰弟明天到家,我时时惊跃,终夜不寐,想到这可怜的孩子,在风雪中归来,这一路哀思痛哭的光景,使我在想象中,心胆俱碎!二十七日下午,报告船到。涵驱车往接,我们提心吊胆的坐候着,将近黄昏,听得门外车响,大家都突然失色。华一转身便走回她屋里。接着楼梯也响着。涵先上来,一低头连忙走入他屋里去了。后面是杰,笑容满面,脱下帽子在手里,奔了进来。一声叫"妈",我迎着他,忍不住哭了起来,他突然站住呆住了!那时惊痛骇疾的惨状,我这时追思,一枝秃笔,真不能描写于万一!雷掣电挚一般,他垂下头便倒在地上,双手抱住父亲的腿,猛咽得闭过气去。缓了一缓,他才哭喊了出来,说:"你们为什么不早告诉我!你们为什么不早告诉我!"这时一片哭声之中涵和华也从他们屋里哭着过来。父亲拉着杰,泪流满面。婢仆们渐渐进来,慢慢的劝住,大家停了泪。杰立刻便要到殡仪馆去,看看母亲的遗容。父亲和涵便带了他去。回来问起母亲病中情状,又重新哭泣。在这几天内,杰从满怀的希望与快乐中,骤然下堕。他失魂落魄似的,一天哭好几次。我们只有勉强劝慰。幸而他有主见,在昏迷之中,还能支拄,我才放下了心。

二月二日开吊。礼毕,涵因有紧急的公事,当晚就回到南京去了。母亲曾说命里只有两个孩子送她,如今送葬又只剩我和杰了。在涵未走之前,我们大家聚议,说下葬之后,我们再看不见母亲了,应该有些东西殉葬,只当是我们自己永远随侍一般。我们随各剪下一缕头发,连父亲和小菊的,都装在

中国 20 世纪名家散文经典

一个小白信封里。此外我自己还放入我头一次剃下来的胎发(是母亲珍重的用红线束起收存起来的)以及一把"斐托斐"(Phi Tau Phi)名誉学位的金钥匙。这钥匙是我在大学毕业时得到的,上面刻有年月和姓名。我平时不大带它,而在我得到之时,却曾与母亲以很大的喜悦。这是我觉得我的一切珍饰,都是母亲所赐与,只有这个,是我自己以母亲栽培我的学力得来的。我愿意以此寄托我的坚逾金石的爱感的心,在我未死之前,先随侍母亲于九泉之下!

二月三日,下午二时,我们一家收拾了都到殡仪馆。送葬的亲朋,也陆续的来了。我将昨夜封好了的白信封儿,用别针别在棺盖里子的白绫花上。父亲俯在玻璃盖上,又痛痛的哭了一场。我们扶起父亲,拭去了盖上的眼泪,珍重的将棺盖掩上。自此我们再无从瞻仰母亲的柔静慈爱的睡容了!

父亲和杰及几个伯叔弟兄,轻轻的将钢棺抬起,出到门外,轻轻的推进一辆堆满花圈的汽车里。我们自己以及诸亲友,随后也都上了汽车,从殡仪馆徐徐开行。路上天阴欲雨,我紧握着父亲的手,心头一痛,吐出一口血来。父亲惨然的望着我。

二时半到了虹桥万国公墓,我们又都跟着下车,仍由父亲和杰等抬着钢棺。执事的人,穿着黑色大礼服,静默前导。到了坟地上,远远已望见地面铺着青草似的绿毡。中央坟穴里嵌放着一个大水泥框子。穴上地面放着一个光辉射目的银框架。架的左右两端,横牵着两条白带。钢棺便轻轻的安稳的放在白带之上。父亲低下头去,左右的看周正了。执事的人,便肃然的问我说:"可以了罢?"我点一点首,他便俯下去,拨开银框上白带机栝。白带慢慢的松了,盛着母亲遗体的钢棺,便平稳的无声的徐徐下降。这时大家惨默的凝望着,似乎都住了呼吸。在钢棺降下地面时,万千静默之中,小菊忽然大哭起来,挣出张妈的怀抱,向前走着说:"奶奶掉下去了!我要下去看看,我要下去看看!"华一手拉住小菊,一手用手绢掩上脸。这时大家又都支持不住,忽然都背过脸去,起了无声的幽咽!

钢棺安稳平正的落在水泥框里,又慢慢的抽出白带来。几个人夫,抬过水泥盖子来,平正的盖上。在四周合缝里和盖上铁环的凹处,都抹上灰泥。水泥框从此封锁。从此我们连盛着母亲遗体的钢棺也看不见了!

堆掩上黄土,又密密的绕覆上花圈。大家向着这一抔香云似的土丘行过礼。这简单严静的葬礼,便算完毕了。我们谢过亲朋,陆续的向着园门走。这时林青天黑,松梢上已洒上丝丝的春雨。走近园门,我回头一望。蜿蜒的灰色道上,阴沉的天气之中,松荫苍苍,杰独自落后,低头一步一跛的拖着自己似的慢慢的走。身上是灰色的孝服,眉宇间充满了绝望,无告,与迷

茫！我心头刺了一刀似的！我止了步,站着等着他。可怜的孩子呵！我们竟到了今日之一日！

回家以后,呵,回家以后！家里到处都是黑暗,都是空虚了。我在二月五夜寄给藻的信上说：

> 我从前有一个心,是个充满幸福的心。现在此心是跟着我最宝爱的母亲葬在九泉之下了。前天两点半钟的时候,母亲的钢棺,在光彩四射的银架间,由白带上徐徐降下的时光,我的心,完全黑暗了。这心永远无处捉摸了,永远不能复活了！……
> 不说了,爱,请你预备着迎接我,温慰我。我要飞回你那边来。只有你,现在还是我的幻梦！

以后的几个月中,涵调到广州去,杰和我回校,父亲也搬到北平来。只有海外的楫,在归舟上,还作着"偎依慈怀的温甜之梦"。

九月七日晨,阴。我正发着寒热,楫归来了。轻轻推开屋门,站在我的床前。我们握着手含泪的勉强的笑着。他身材也高了,手臂也粗了,胸脯也挺起了,面目也黧黑了。海上的辛苦与风波,将我的娇生惯养的小弟弟,磨炼成一个忍辱耐劳的青年水手了！我是又欢喜,又伤心。他只四面的看着,说了几句不相干的话,才款款的坐在我床沿,说："大哥并没有告诉我。船过香港,大哥上来看我,又带我上岸去吃饭,万分挚爱怜的慰勉我几句话。送我走时,他交给我一封信,叫我给二哥。我珍重的收起。船过上海,亲友来接,也没有人告诉我。船过芝罘,停了几个钟头,我倚阑远眺。那是母亲生我之地！我忽然觉得悲哀迷惘,万不自支,我心血狂涌,颠顿的走下舱去。我素来不拆阅弟兄们的信,那时如有所使,我打开箱子,开视了大哥的信函。里面赫然的是一条系臂的黑纱,此外是空无所有了！……"他哽咽了,俯下来,埋头在我的衾上,"我明白了一大半,只觉得手足冰冷！到了天津,二哥来接我,我们昨夜在旅馆里,整整的相抱的哭了一夜！"他哭了,"你们为什么不早告诉我？我一道上作着万里来归,偎倚慈怀的温甜的梦,到得家来,一切都空了！忍心呵,你们！"我那时也只有哭的分儿。是呵,我们都是最弱的人,父亲不敢告诉我;藻不敢告诉杰;涵不敢告诉楫;我们只能颤栗着等待这最后的一天！忍心的天,你为什么不早告诉我们,生生的突然的将我们慈爱的母亲夺去了！

完了,过去这一生中这一段慈爱,一段恩情,从此告了结束。从此宇宙中有补不尽的缺憾,心灵上有填不满的空虚。只有自家料理着回肠,思想又

思想,解慰又解慰。我受尽了爱怜,如今正是自己爱怜他人的时候。我当永远勉励着以母亲之心为心。我有父亲和三个弟弟,以及许多的亲眷。我将永远拥抱爱护着他们。我将永远记着楫二次去国给杰的几句话:"母亲是死去了,幸而还有爱我们的姊姊,紧紧的将我们搂在一起。"

窗外是苦雨,窗内是孤灯。写至此觉得四顾彷徨,一片无告的心,没处安放!藻迎面坐着,也在写他的文字。温静沉着者,求你在我们悠悠的生命道上,扶助我,提醒我,使我能成为一个像母亲那样的人!

一九三一年六月三十日夜,燕南园,海淀,北平

默庐试笔

一

我为什么潜意识的苦恋着北平？我现在真不必苦恋着北平，呈贡山居的环境，实在比我北平西郊的住处，还静，还美。我的寓楼，前廊朝东，正对着城墙，雉堞蜿蜒，松影深青，雾天空阔。最好是在廊上看风雨，从天边几阵白烟，白雾，雨脚如绳，斜飞着直洒到楼前，越过远山，越过近塔，在瓦檐上散落出错落清脆的繁音。还有清晨黄昏看月出，日上。晚霞，朝霭，变幻万端，莫可名状，使人每一早晚，都有新的企望，新的喜悦。下楼出门转向东北，松林下参差的长着荠菜，菜穗正红，而红穗颜色，又分深浅，在灰墙、黄土，绿树之间，带映得十分悦目。出荆门北上斜坡，便到川台寺东首，栗树成林，林外隐见湖影和山光，林间有一片广场，这时已在城墙之上，登墙，外望，高岗起伏，远村隐约。我最爱早起在林中携书独坐，淡云来往，秋阳暖背，爽风拂面，这里清极静极，绝无人迹，只两个小女儿，穿着桔黄水红的绒衣，在广场上游戏奔走，使眼前宇宙，显得十分流动，鲜明。

我的寓楼，后窗朝西，书案便设在窗下，只在窗下，呈贡八景，已可见其三，北望是"凤岭松峦"，前望是"海潮夕照"，南望是"渔浦星灯"。窗前景物在第一段已经描写过，一百二十日

中国20世纪名家散文经典

夜之中,变化无穷,使人忘倦。出门南向,出正面荆门,西边是昆明西山。北边山上是三台寺。走到山坡尽处,有个平台,松柏丛绕,上有石礅和石块,可以坐立,登此下望,可见城内居舍,在树影中,错落参差。南望城外又可见三景,是龙街子山上之"龙山花坞",罗藏山之"梁峰兆雨";和城南印心亭下之"河洲月渚"。其余两景是白龙潭之"彩洞亭鱼",和黑龙潭之"碧潭异石",这两景非走到潭边是看不见的,所以我对于默庐周围的眼界,觉得爽然没有遗憾。

平台的石礅上,客来常在那边坐地,四顾风景全收。年轻些的朋友来,就欢喜在台前松柏阴下的草坡上,纵横坐卧,不到饭时,不肯进来。平台上四无屏障,山风稍劲。入秋以来,我独在时,常走出后门北上,到寺侧林中,一来较静,二来较暖。

回溯生平郊外的住宅,无论是长居短居,恐怕是默庐最惬心意。国外的如伍岛(Five Islands)白岭(White Mountains)山水不能两全,而且都是异国风光,没有亲切的意味。国内如山东之芝罘,如北平之海甸,芝罘山太高,海太深,自己那时也太小,时常迷茫消失于旷大寥阔之中,觉得一身是客,是奴,凄然怔忡,不能自主。海甸楼窗,只能看见西山,玉泉山塔,和西苑兵营整齐的灰瓦,以及颐和园内之排云殿和佛香阁。湖水是被围墙全遮,不能望见。论山之青翠,湖之涟漪,风物之醇永亲切,没有一处赶得上默庐。我已经说过,这里整个是一首华兹华斯的诗!

二

在这里住得妥帖,快乐,安稳,面旧友来到,欣赏默庐之外,谈锋又往往引到北平。

人家说想北平大觉寺的杏花,香山的红叶,我说我也想;人家说想北平的笔墨笺纸,我说我也想;人家说想北平的故宫北海,我说我也想;人家说想北平的烧鸭子涮羊肉,我说我也想;人家说想北平的火神庙隆福寺,我说我也想;人家说想北平的糖葫芦,炒栗子,我说我也想。而在谈话之时,我的心灵时刻的在自警说:"不,你不能想,你是不能回去的,除非有那样的一天!"

我口说在想,心里不想,但看我离开北平以后,从未梦见过北平,足见我控制得相当之决绝——

而且我试笔之顷,意马奔驰,在我自己惊觉之先,我已在纸上写出我是在苦恋着北平。

我如今镇静下来,细细分析:我的一生,至今日止在北平居住的时光,占

了一生之半,从十一二岁,到三十几岁,这二十年是生平最关键,最难忘的发育,模塑的年光,印象最深,情感最浓,关系最切。一提到北平,后面立刻涌现了一副一副的面庞,一幅一幅的图画:我死去的母亲,健在的父亲,弟,侄,师,友,车夫,用人,报童,店伙……剪子巷的庭院,佟府堂前的玫瑰,天安门的华表,"五四"的游行,"九一八"黄昏时的卖报声,"国难至矣"的大标题,……我思潮奔放,眼前的图画和人面,也突兀变换,不可制止,最后我看见了景山最高顶,"明思宗殉国处"的方亭阑干上,有灯彩扎成的六个大字,是"庆祝徐州陷落!"

北平死去了!我至爱苦恋的北平,在不挣扎不抵抗之后,断续呻吟了几声,便恹然死去了!

二十六年七月二十八早晨,十六架日机,在晓光熹微中悠悠的低飞而来;投了三十二颗炸弹,只炸得西苑一座空营。——但这一声巨响,震得一切都变了色。海甸被砍死了九个警察,第二天警察都换了黑色的制服,因为穿黄制服的人,都当作了散兵,游击队,有砍死刺死的危险。

四野的炮声枪声,由繁而稀,由近而远,声音也死去了!

五光十色的旗帜都高高的悬起了:日本旗,意大利旗,美国旗,英国旗,黄卐字旗,红十字旗,……只看不见了青天白日旗。

西直门楼上,深黄色军服的日兵,箕踞在雉堞上,倚着枪,咧着厚厚的嘴唇,露着不整齐的牙齿,下视狂笑。

街道上死一般的静寂,只三三两两褴褛趑趄的人,在仰首围读着"香月入城司令"的通告。

晴空下的天安门,饱看过千万青年摇旗呐喊,高呼"打倒日本帝国主义"的,如今只镇定的在看着一队一队零落的中小学生的行列,拖着太阳旗,五色旗,红着眼,低着头,来"庆祝"保定陷落,南京陷落……后面有日本的机关枪队紧紧地监视跟随着。

日本的游历团一船一船一车一车的从神户横滨运来,挂着旗号的大汽车,在景山路东长安街横冲直撞的飞走。东兴楼,东来顺挂起日文的招牌,欢迎远客。

故宫北海颐和园看不见一个穿长褂和西服的中国人,只听见橐橐的军靴声,木屐声。穿长褂和西服的中国人都羞的藏起了,恨的溜走了。

街市忽然繁荣起来了,尤其是米市大街,王府井大街,店面上安起木门,挂上布帘,无线电机在广播着友邦的音乐。

我想起东京神户,想起大连沈阳,……北平也跟着大连沈阳死去了,一个女神王后般美丽尊严的城市,在蹂躏侮辱之下,恹然地死去了。

中国20世纪名家散文经典

我恨了这美丽尊严的皮囊，躯壳！我走，我回顾这尊严美丽，瞠目瞪视的皮囊，没有一星留恋。在那高山丛林中，我仰首看到了一面飘扬的旗帜，我站在旗影下，我走，我要走到天之涯，地之角，抖拂身上的怨尘恨土，深深的呼吸一下兴奋新鲜的朝气；我再走，我要掮着这方旗帜，来招集一星星的尊严美丽的灵魂，杀入那美丽尊严的躯壳！

中国20世纪名家散文经典

力构小窗随笔

力构小窗

"力构小窗"是潜庐里一间屋子的向东的窗户。这间屋子就算是书房罢,因为里面有几只书架,两张书桌,架上有些书籍报章,桌上也有些笔墨纸砚。不过西墙下还放着一张床,床下还有书箱,床边还有衣架。这床常常是不空着,周末回家的学生,游山而不能回去的客人,都在那里睡下,因此这书房常常变成客室,可用的时候,也不算多。

在北平的时候,曾给我们的书房起了一个名字,是"难为春室",那时正是"九一八"之后,满目风云,取"四海皆秋气,一室难为春"之意。还请我们的朋友容希白先生,用甲骨文写了一张小横披。南下之后,那小横披也不知去向。前年在迁入潜庐之先,曾另请一位朋友再写这四个字的横额,这位先生嫌"难为春"三个字太衰飒,他再三迁延推托,至终这间书房兼客室的屋子,还没有名字。

中国人喜欢给亭台楼阁,屋子,房子,起些名字,这些名字,不但象形,而且会意,往往将主人的心胸寄托,完全呈露——当然用滥了之后,也往往不能代表——这种例子俯拾即是,不须多说。

潜庐只是歌乐山腰,向东的一座土房,大小只有六间屋

子,外面看去四四方方的,毫无风趣可言! 倒是屋子四围那几十棵松树,三年来拔高了四五尺,把房子完全遮起,无冬无夏,都是浓阴逼人。房子左右,有云顶兔子二山当窗对峙,无论从哪一处外望,都有峰峦起伏之胜。房子东面松树下便是山坡,有小小的一块空地,站在那里看下去,便如同在飞机里下视一般,嘉陵江蜿蜒如带,沙磁区各学校建筑,都排列在眼前。隔江是重庆,重庆山外是南岸的山,真是"蜀江水碧蜀山青",重庆又常常阴雨,淡雾之中,碧的更碧,青的更青,比起北方山水,又另是一番景色。

潜庐不曾挂牌,也不曾悬匾,只有主人同客人提过这名字,客人写信来的时候,只要把主人名字写对了,房子的名字,也似乎起了效用。四川歌乐山的潜庐和云南三台山的默庐一样,都是主人静伏的意思。因此这房子里常常很静,孩子们一上学,连笑声都听不见。只主人自己悄悄的忙,有时写信,有时记账,有时淘米,洗菜,缝衣裳,补袜子……却难得写写文章!

如今再回到"力构小窗"——这间书客室既是废名,而且环顾室中,也实在不配什么高雅的名字,只有这个窗子,窗前的一张书桌,两张藤椅,窗外一片浓荫,当松树抽枝的时候,桌上落下一层黄粉,山中浓雾,云气飞涌入帘,这些光景,都颇有点诗意。夜中一灯如豆,也有过亲戚的情话,朋友的清谈,有时雨声从窗外透入,月色从窗外浸来,都可以为日后追忆留恋的资料。尤其是当编辑的朋友,苦苦索稿的时候,自己一赌气拉过椅子坐下,提笔构思,这面窗子便横在眼前,排除不掉。

一个朋友说:"你知道不? 写作是一分靠天才,九分靠逼迫……",如今这一分天才,已消磨殆尽,而逼迫却从九分加到十分,我向来所坚持的"须其自来,不以力构"的写作条件,已不能存在了。忙病相连,忙中病中所偶得的一点文思,都在过眼云烟中消逝,人生几何? 还是靠逼迫来乱写吧,于是乎名吾窗曰"力构小窗",也是老牛破车,在鞭策下勉强前进的意思!

探 病

因为自己常常生病,也常常伺候生病的人,冷静旁观,觉得探病实在是一种艺术!

探病有几种条件:第一,这病人是否你所十分关怀的人? 第二,这病人是否会因为你的探视,而觉得愉快,欢喜? 第三,探病时的谈话;第四,探病时所携带赠送病人的物品,如书籍、花朵、糖果,及其他的用具和食物。

探病不是一件"面子事",譬如某人病了,某人某人都已去看过,我同他也还算是朋友,不好意思不去走走,而你探望时的态度往往拘束,谈话往往

勉强，比平常寒暄，更不自然，结果使病人也拘束，也勉强，因此而使他生出乏倦和厌烦，这种探病，于病人实在是有损无益。假如你觉得他会因你之不去而见怪，则不妨写一封小启，纸短情长，轻描淡写，自此而止。或者送一束鲜花，一本闲书，一袋糖果，附以小小的卡片，心到神知，也还不俗。

假如这病人是你的至友，他无时无刻不在悬盼你的来临，你准知道你推门进去，立刻会遇到他惊奇的笑容；但你也要防备到他会因着你的探视，而过度兴奋，谈话太多，休息不足。在这种情况之下，你最好有时送花，有时赠果，有时介绍一两本装潢轻巧的书本或闲书，然后特别在风雨之日，别人不大出门的时候，去看他一看。那时你会发现病室很冷清，病人很寂寞，正在他转侧无聊的时候，你轻轻进去，和他独对，这样，病人既无左右酬应之烦，又有静坐谈心之乐。如中间又有别人来看，你坐坐就走，既予别人以慰问的机会，又减少病人的困惫，这种探病，往往是病人所最欢迎的。

有的人是自己闲着没事，又找不着闲人来共同消磨时间，忽然想到某人正在养病，何不去找他谈谈？这种探病的人，最是可怕！他会因着你的肠炎，而提到他自己的回归热，他的太太的斑疹伤寒，他的孩子的破伤风，缕缕不倦，如数家珍，直闹到病人头昏脑热，觉得屋角床头，尽是病鬼！或则对病人感世忧时，大发牢骚，怀家念乡，聊抒抑郁，结果使病人也抑郁牢骚，不能自制，这种探病的人，最为医生及侍疾者所厌恶。所以对病人宜用轻松愉快的谈话，报告以亲友间可喜可笑的消息，使他喜悦，使他发笑。假如他是喜好文艺的人，不妨告诉他，你最近看到的诗文中的警句。假如他是关心音乐或体育的人，你也可以报告他以时下什么精彩的音乐演奏，或球类比赛。临走时你还可以给他点喜悦的希望，比如你说"下次我再来时，可以陪你散散步了"。或者说："下星期日晚上，我可以陪你去听听音乐了。"这都使他在幽闲的病榻上，有许多快乐的希冀与憧憬。最要紧的还是想法子减轻病人心中的负担，例如你可以替他写几封信，办几件事，看几个人，这些负担，都可以从谈话里探问出来的。

至于礼物的赠送，花朵当然最为适宜，鲜花是病人最大的安慰和喜乐。但花的种类，颜色和香味，都应当有个拣选。最好要知道病人平时所喜爱的花草和颜色，而且合他的欢心。有的人不喜欢浓郁的花香，气息太微的人，香花也会引起他的头痛。花的香要甜而清，如兰花、桂花、莲花、玫瑰花、香豆花，都是属于清甜一路。否则有色无香的花，如海棠、杜鹃、山茶、石竹，都是艳而不香，最合于病人的观赏。假如可能，花瓶也要送者配置，妥帖古雅，捧供床侧，不但受者欢欣，送者也会高兴。还有一件，送花要在病者床侧无花的时候，否则和许多别的花束，掺在一起，不但显得喧闹，颜色也许还有不调和之处。

中国20世纪名家散文经典

书籍的性质要轻松,文章要简短,使病人可以随时拿起放下,不费脑力,书的装潢要小而轻,不费病人的臂力腕力,字体要大而清楚,不费病人的眼力,画册也最适宜,如美术画、风景画等,使病人可以时常卧游。至于购送食品,要先得医生的许可,再适合病人的嗜好,果品常是有益无害的,如橙桔、苹果之类。自己烹调的菜肴,会引起病人的食欲,清淡整洁,而在医生许可之列者,也不妨随时致送。

生病是件苦事,但如有知心着意的人,来侍疾探病,生病不但变成件乐事,并且还是个福气。因病得闲,心境最清,文思诗情,都由此起,"维摩一室常多病,赖有天花作道场"。等到病室变成道场的时候,生病真是最甜柔最幸福的一件事了。

作　梦

重庆是个山城,台阶特别的多,有时高至数百级。在市内走路,走平地的时候就很少,在层阶中腰歇下,往上看是高不可攀,往下看是下临无地,因此自从到了重庆以后,就常常梦见登山或上梯。

去年的一个春夜,我梦见在一条白石层阶上慢慢地往上走,两旁是白松和翠竹,梦中自己觉得是在爬北平西山碧云寺的台阶,走到台阶转折处,忽然天崩地陷的一声巨响,四周的松针竹叶都飞舞起来,阶旁的白石阑干,也都倾斜摧折。自上面涌下一大片火水,烘烘的在层阶上奔流燃烧。烟火弥漫之中,我正在惊惶失措的时候,忽然听见上面有极清朗嘹亮的声音,在唤我的名字,抬头却只看见半截隐在烟云里的台阶。同时下面也有个极熟习的声音,在唤我的名字,往下看是一团团红焰和黑烟。在梦里我却欣然的,不犹疑的往下奔走,似乎自己是赤着脚,踏着那台阶上流走燃烧的水火,飘然的直走到台阶尽处,下面是一道长堤,堤下是充塞的更浓厚的红焰和黑烟,黑烟中有个人在伸手接我,我叫着说:"我走不下去了!"他说:"你跳!"这一跳,我就跳回现实里来了!心还在跳,身子还觉得虚飘飘的,好像在烟云里。

这真是春梦!都是重庆的台阶和敌人的轰炸,交织成的一些观念。但当我同时听见两个声音在呼唤的时候,为什么不往上走到白云中,而往下走入黑烟里?也许是避难就易,下趋是更顺更容易的缘故!

作梦本已荒唐,解说梦就更荒唐。我一生喜欢作梦,缘故是我很少作可怕的梦。我从小不怕鬼怪,大了不怕盗贼,没有什么神怪或侦探的故事,能以扰乱我的精神。我睡时开窗,而且不盖得太热,睡眠中清凉安稳,作的梦

也常常是快乐光明的,虽然有时乱得不可言状,但决不可怕。

记得我母亲常常笑着同我说:"我死后一定升天,因为我常梦见住着极清雅舒适的房子。"这样说,我死后也一定升天,因为我所看过的最美妙的山水,所住过的最爽适的房子,都是在梦里看过住过的。而且山水和房屋都是合在一起。比如说,我常常梦见独自在一个读书楼上,书桌正对着一扇极大的玻璃窗,这扇窗几乎是墙壁的全面,窗框是玲珑雕花的。窗外是一片湖水,湖上常有帆影,常有霞光。这景象,除了梦里,连照片图画上,我也不曾看见过——我常常想请人把我的梦,画成图画。

我还常梦见月光:有一次梦见在潜庐廊下,平常是山的地方,忽然都变成水,月光照在水上,像一片光明的海。在水边仿佛有个渔夫晒网。我说:"这渔夫在晒网呢……"身边忽然站着一位朋友,他笑了,说:"月光也可以晒网么?"在他的笑声中,我又醒了,真的,月光怎可以晒网?

"梦是心中想",小时常常梦见考书,题目发下来,一个也不会,一急就醒了。旅行的时候,常常梦见误车误船,眼看着车开出站外,船开出口外,一急也就醒了。体弱的时候,常常梦见抱个极胖的孩子,双臂无力,就把他摔在地上。或是梦见上楼,走到中间,楼梯断了,这楼梯又仿佛是橡皮作的,把我颤摇摇的悬在空中。但是,在我的一生中,最常梦见的,还是山水,楼阁,月光……

单调的生活中,梦是个更换;乱离的生活中,梦是个慰安;困苦的生活中,梦是个娱乐;劳瘁的生活中,梦是个休息——梦把人们从桎梏般的现实中,释放了出来,使他自由,使他在云中翱翔,使他在山峰上奔走。能作梦便是快乐,作的痛快,更是快乐。现实的有余不尽之间,都可以"留与断肠人作梦"。但梦境也尽有挫折,"可怜梦也不分明","梦怕悲中断","怎不思量,除梦里有时曾去。无据,和梦也新来不作。"等到"和梦也新来不作"的时候,生活中还有一丝诗意么!?

中国 20 世纪名家散文经典

小桔灯

这是十几年以前的事了。

在一个春节前一天的下午,我到重庆郊外去看一位朋友。她住在那个乡村的乡公所楼上。走上一段阴暗的仄仄的楼梯,进到一间有一张方桌和几张竹凳、墙上装着一架电话的屋子,再进去就是我的朋友的房间,和外间只隔一幅布帘。她不在家,窗前桌上留着一张条子,说是她临时有事出去,叫我等着她。

我在她桌前坐下,随手拿起一张报纸来看,忽然听见外屋板门吱的一声开了,过了一会,又听见有人在挪动那竹凳子。我掀开帘子,看见一个小姑娘,只有八九岁光景,瘦瘦的苍白的脸,冻得发紫的嘴唇,头发很短,穿一身很破旧的衣裤,光脚穿一双草鞋,正在登上竹凳想去摘墙上的听话器,看见我似乎吃了一惊,把手缩了回来。我问她:"你要打电话吗?"她一面爬下竹凳,一面点头说:"我要××医院,找胡大夫,我妈妈刚才吐了许多血!"我问:"你知道××医院的电话号码吗?"她摇了摇头说:"我正想问电话局……"我赶紧从机旁的电话本子里找到医院的号码,就又问她:"找到了大夫,我请他到谁家去呢?"她说:"你只要说王春林家里病了,她就会来的。"

我把电话打通了,她感激地谢了我,回头就走。我拉住她问:"你的家远吗?"她指着窗外说:"就在山窝那棵大黄果树下面,一下子就走到的。"说着就登、登、登地下楼去了。

我又回到里屋去,把报纸前前后后都看完了,又拿起一本《唐诗三百首》来,看了一半,天色越发阴沉了,我的朋友还不回来。我无聊地站了起来,望着窗外浓雾里迷茫的山景,看到

那棵黄果树下面的小屋,忽然想去探望那个小姑娘和她生病的妈妈。我下楼在门口买了几个大红桔子,塞在手提袋里,顺着歪斜不平的石板路,走到那小屋的门口。

我轻轻地叩着板门,刚才那个小姑娘出来开了门,抬头看了我,先愣了一下,后来就微笑了,招手叫我进去。这屋子很小很黑,靠墙的板铺上,她的妈妈闭着眼平躺着,大约是睡着了,被头上有斑斑的血痕,她的脸向里侧着,只看见她脸上的乱发,和脑后的一个大髻。门边一个小炭炉,上面放着一个小沙锅,微微地冒着热气。这小姑娘把炉前的小凳子让我坐了,她自己就蹲在我旁边,不住地打量我。我轻轻地问:"大夫来过了吗?"她说:"来过了,给妈妈打了一针……她现在很好。"她又像安慰我似的说:"你放心,大夫明早还要来的。"我问:"她吃过东西吗?这锅里是什么?"她笑说:"红薯稀饭——我们的年夜饭。"我想起了我带来的桔子,就拿出来放在床边的小矮桌上。她没有作声,只伸手拿过一个最大的桔子来,用小刀削去上面的一段皮,又用两只手把底下的一大半轻轻地揉捏着。

我低声问:"你家还有什么人?"她说:"现在没有什么人,我爸爸到外面去了……"她没有说下去,只慢慢地从桔皮里掏出一瓣一瓣的桔瓣来,放在她妈妈的枕头边。

炉火的微光,渐渐地暗了下去,外面变黑了。我站起来要走,她拉住我,一面极其敏捷地拿过穿着麻线的大针,把那小桔碗四周相对地穿起来,像一个小筐似的,用一根小竹棍挑着,又从窗台上拿了一段短短的蜡头,放在里面点起来,递给我说:"天黑了,路滑,这盏小桔灯照你上山吧!"

我赞赏地接过,谢了她,她送我出到门外,我不知道说什么好,她又像安慰我似地说:"不久,我爸爸一定会回来的。那时我妈妈就会好了。"她用小手在面前画一个圆圈,最后按到我的手上:"我们大家也都好了!"显然地,这"大家"也包括我在内。

我提着这灵巧的小桔灯,慢慢地在黑暗潮湿的山路上走着。这朦胧的桔红的光,实在照不了多远,但这小姑娘的镇定、勇敢、乐观的精神鼓舞了我,我似乎觉得眼前有无限光明!

我的朋友已经回来了,看见我提着小桔灯,便问我从哪里来。我说:"从……从王春林家来。"她惊异地说:"王春林,那个木匠,你怎么认得他?去年山下医学院里,有几个学生,被当作共产党抓走了,以后王春林也失踪了,据说他常替那些学生送信……"

当夜,我就离开那山村,再也没有听见那小姑娘和她母亲的消息。

但是从那时起,每逢春节,我就想起那盏小桔灯。十二年过去了,那小姑娘的爸爸一定早回来了。她妈妈也一定好了吧?因为我们"大家"都"好"了!

中国 20 世纪名家散文经典

再到青龙桥去

前几天,我又到青龙桥去,访问了那边的康庄人民公社岔道管理区的青龙桥分队,上了长城……这一天,我被喜悦温煦的空气所包围,所笼罩!

再到青龙桥去的动机是这样的:三十七年前,当我还是个学生的时候,曾经在那一年的国庆日,到青龙桥去,回来写了一篇颇有感慨的文章。好久以前,就有朋友建议,说我应该再去一趟。但是今年的国庆日,我决不肯离开这腾光溢彩的北京城!我抽了个空,和两位年轻的朋友,在国庆之前,去偿了这个夙愿。

再到青龙桥,决不是"寻梦",因为从恶梦中挣扎醒来的人,决不要去"寻"那把人压得喘不过气来的恶梦;同时也不是"访旧",因为你去访的对象,是新的而不是旧的,是更年轻的而不是更老迈的。新酒不能装在旧皮袋里,还是打一个新比喻好一些:比方说你是去访问一个久病新愈的朋友,他是一天一天地健康起来的;你是去看一丛新栽的小树,它们是年年地更加高大更加浓密的。你不准备去凄凉感旧、慷慨生哀地自寻烦恼,你是满怀着热烈的希望,去迎接那扑面的盈盈的喜气的!

我的希望并没有落空,而且时时给我挑起崭新的喜悦:张灯结彩的西直门车站;花卉缤纷的车站广场;车站上梳着双辫的收票的大姑娘;和车上手里拿着蝇拍笑嘻嘻地来往招呼的车务员小姑娘;车窗外掠过的一幢一幢新的工厂和学校的建筑,以及连成一大片的青葱的田野;而最耀眼的,还是田野边站着的戴着红领巾的儿童;万绿丛中,鲜红一点,内中含着多么新鲜的诗意呵!

过了南口,四围的山峦,还是碧绿碧翠的!我没有看见柿树的红叶,只看见满载着外宾的红色黄色的大汽车,在绿岩上忽隐忽现地绕行。在岩石上,桥头上,都看到北京师大制作的标语:"战胜自然,改造思想""向荒山进攻"等等,多么可爱又是多么幸福的青年们,你们分到了多好的一片山地来搞"绿化"呵!

从青龙桥车站下了许多人,一大队人民大学的学生,总有七八十人吧,他们在詹天佑先生铜像下停了一会,就笑语纷纭地跑到山上去了。我们没有跟上去,却穿过铁路宿舍,先到山坡上栽满了花草的青龙桥派出所,去问讯:哪里是康庄人民公社岔道管理区青龙桥生产队长的家?随那位白衣民警的指尖望去,在坡下绿树荫中,潺潺流水的小溪后面,一所被繁花所包围的小院,就是生产队长李景祥的住处。

我们下了坡,过了小桥,走进院门,里面静悄悄地,好一个幽雅的所在!正房和东厢房的窗台上,都摆着花,院子里是花,阶前也是花。地上有铡刀,还有些木工用具和些新劈下来的木片,掀开竹帘,进到上房,里屋有个人站起来招呼我们,说队长下地去了,这里是他的住家,也是办公室,请我们稍待一下,说着就走出去了。

我们在屋里细看了看,墙上贴着许多大张红纸,是读了八届八中全会的公报之后向公社提出的生产保证书。桌上还有《农民报》,表格一类的纸张,和算盘文具等等。我们又走到院里,李景祥就从外面跑进来了。这是一位三十岁不到的年青人——上次我到青龙桥的时候,还没有他呢!——他穿着灰蓝色的衬衫,青裤子,光脚,青布鞋;长方脸,平头,眉目间流露着朴质与热情。他和我们握过手,仔细地看过介绍信,便笑着把我们让到屋里去。我们喝着开水,开始了谈话。

这位年青的队长,和中国五亿的农民一样,解放前是吃不饱,穿不暖的,也没有文化。这个小小的村子只有二十几户人家,绝大多数是一年只有两个月的粮食,只靠打草打柴或是作短工来糊口。日本鬼子占领时期,青年人跑了许多,国民党时代因为抓兵,青年人就更少了。种长城边的地,是要出八达岭的口子的,但是工作的时间很短,早晨八时以前,不能出去,下午四时以前,必须回来,因为国民党把住口子,怕八路军进来。但是人们和八路军不但没有断绝来往,而且来往得很密。到了一九四八年十一月里,青龙桥比北京先解放了。

这个年青人的脸上泛起笑容:"解放以后,我们先搞的是拨工互助组,一

九五六年成立了八达岭高级社,这里是第十二生产队。一九五八年成立了康庄人民公社,这里和三堡、石佛寺、上花园、黄土壤五个村七十多户成为一个分队。在从前,这里每亩地才打三四十斤粮食,在一九五七年就提高到一百五十斤,一九五八年又提高了。今年下了冷雨,可能会差些,但是有了人民公社,就是差也差不了多少了。"

这时外面竹帘声响,仿佛有几个人进来,接着就有小孩的极其脆嫩的声音,喊:"爸爸,吃饭啦"。李景祥仿佛不好意思似的,把头一扬,朝着外面说:"你们先去吧。呵?"我们忙把本子合上,把笔套起,笑说:"我们不耽误你吃饭了。"他连忙站起把我们拦住,说:"不忙,再谈一会吧。"于是他从他的两个孩子谈起,又谈到他的爱人,谈到他们的生活,他们的发展远景。那美好的远景,若让他滔滔不断地说下去,不但要耽误他的吃饭,还要耽误他的工作呢。我们只好坚决地告辞出来,走过小桥,他笑着向我们挥手,走到坡后去了。

我们恋恋地回望着这个"小桥流水人家",这时小桥下的溪水边,有个穿粉红褂子的姑娘,正在低头洗着衣服,我们面前展开了一幅绝美的画面,可惜我们都不会临摹!

我们循着宽阔的柏油大道,曲折地走上八达岭,不时有上下山的大汽车,从我们身旁掠过。三十几年前这里是条崎岖的土道,我们骑着小驴,无风也会蹴起如云的尘土,若是那时也有这么多的大汽车,我们走路的就都成了土人了!

走进嵌着"居庸外镇"四个大字的高大的穹门,这个小小的瓮城里面也有种植,也在兴建!北面山坡上的几座房子已经盖起了,木工们还在造大玻璃柜子,空气里浮泛着柏木的芬芳,这里是饭店和售品所,许多外宾们在进进出出。横贯东西穹门的大道旁边,停着大大小小的汽车。南面的坡上还堆着砖瓦土石,在等待开工。

我们在茶馆外面石桌边坐了下来,泡了一壶茶,拿出干粮来吃着。举目四望,周围是依山上下的雄伟的长城,像几根粗壮坚牢的铁索,紧紧地扣压住这洪涛起伏的群山的海!城墙内外,是重叠不断的月牙形的鱼鳞坑,和密密麻麻的绿色的小凹孔……

匆匆地吃过干粮,我们一直往城墙上走。墙上的台阶是新修过的,毫不吃力地登上去,经过一处又一处的堞楼,没有到最高层我们就站住了。往西看,重山叠岭之间,有个缺口,一直望过去,是水光掩映的官厅水库,远远地极其温柔而璀璨。

八达岭所以成为游览的胜地,因为这里的长城不是一片的,而是有瓮城,有连续不断的堞楼,有好几道城墙纵横交错。显然地,从这个缺口,历代

都来过浩荡奔驰的"胡骑",他们只要能登上涌过这个关口,居庸的东南,就不是汉家天下了。和"居庸外镇"相对的朝西的穿门,上面嵌着"北门锁钥"四个大字,就是这个道理。

自古以来到此登临的文人学士,写下的诗文,发出的感慨,都不出这两类:一类是在乱世中来游的人,感叹说,空有这么雄伟高大的长城,胡骑却仍旧进来了,中原仍旧沦于夷狄;一类是在比较太平时代来游的人,也慨叹说,假如怀柔有道,当时何必驱使几十万的壮丁,引起那么深的民怨?他们对统治阶级的不满情绪,虽有深浅,但是声调一律是抑郁低沉的,充其量也不过是"悲壮"而已。读了他们的作品,再登长城,没有出息的年轻人也会无病而吟的!

现在呢,时代变了,史无前例地变了,脑子里塞满了"秦时明月汉时关","将军白发征夫泪"的人,在这满目青葱,朝气盎然的长城上,也是感慨不起来的!你看,今日的长城早就不是"拒胡"的工具,只是我们民族大家庭中许多洞开的大门中的一个。各民族的同胞,和我们许许多多的外国客人,都到这里来登临、来瞻仰这伟大矗立的、代表我们六亿五千万人民的力量与智慧的结晶。我们从这伟大的古老的建筑上得到了无限的信心和力量。你看,这无数的鱼鳞坑,无数的深绿的凹孔,就在这坑里孔里,有多少新中国的青年,放进了他们的无限的热情,无穷的希望,无量的信心,和无边的喜乐。三五年后,新生的一望无际的密树繁花,将簇拥起这纵横驰走的城墙,把八达岭变成一片中国人民的力量和智慧的海!

那时节,我当然还在。到了那位年青的生产队长李景祥,活到像我这么大岁数的时候……还有那用脆嫩的声音,叫李景祥爸爸的那个孩子,活到像我这么大岁数的时候,我们亲爱的祖国,该是怎样一个繁荣富强的国家!我们人类的世界,又该是怎样一个美好幸福的世界!

生活在新时代,在党的伟大正确的总路线的指引下,和六亿五千万人民一同高歌前进的人们,是永不知道"老之将至"的!我们下了山,在车站上等车的时候,那七、八十个大学生在这挂着跃进的巨幅宣传画的站房里,笑语杂沓,有的在下象棋,有的在打纸牌,有的在看书,看他们滚珠似的来往,尽情地欢笑,我虽然在一旁静坐着,我的心情却和他们融在一起。我的心默默地在向着他们呼唤,向比他们更年轻更幼小的人们呼唤:让我们都多加一把劲吧,将来的美好幸福的世界是我们的!

一九五九年九月二十五日,北京

中国 20 世纪名家散文经典

关于散文

散文是我所最喜爱的文学形式。但是若追问我散文是什么,我却说不好。如同人家向我打听一个我很熟悉的朋友,他有什么特征?有什么好处?我倒一时无从说起了。

我想,我可以说它不是什么:比如说它不是诗词,不是小说,不是歌曲,不是戏剧,不是洋洋数万言的充满了数字的报告……

我也可以说,散文的范围包括得很宽,比如说通讯,特写,游记,杂文,小品文等等,我们中国是个散文成绩最辉煌、作者最众多的国家。我们所熟读、所喜爱的《秋声赋》《前后赤壁赋》《陋室铭》《五柳先生传》《岳阳楼记》《陈情表》《李陵答苏武书》《吊古战场文》《买柑者言》……不管他是"赋"、是"铭"、是"传"、是"记"、是"表"、是"书"、是"文"、是"言"……其实都可以归入散文一类。我们的前辈作家,拿散文来抒情,来说理,来歌颂,来讽刺,在短小的篇幅之中,有时"大题小作",纳须弥于芥子,有时"小题大作",从一粒砂来看一个世界,真是从心所欲,丰富多彩!

散文又是短小自由,拈得起放得下的最方便最锋利的文学形式,最适宜于我们这个光彩辉煌的时代。排山倒海而来的建设事业和生龙活虎般的人物形象,像一声巨雷一闪明电在你耳边眼前炫耀地隆隆地迅速过去了,若不在情感涌溢之下,迅速把它抓回,按在纸上,它就永远消逝得无处追寻。

因此,要捉住"灵感",写散文比作诗容易多了,诗究竟是"作"的,少不得要注意些格律声韵,流畅的诗情,一下子在声韵格律上涩住了!"水泉冷涩弦凝绝,凝绝不通声渐歇。"这一歇也许要歇上几天——几十天,也许歇得只剩些断句。

但是,散文却可以写得铿锵得像诗,雄壮得像军歌,生动曲折得像小说,活泼尖锐得像戏剧的对话。而且当作者"神来"之顷,不但他笔下所挥写的形象会光华四射,作者自己的风格也跃然纸上了。

文章写到有了风格,必须是作者自己对于他所描述的人、物、情、景,有着浓厚真挚的情感,他的抑制不住冲口而出的,不是人云亦云东抄西袭的语言,乃是代表他自己的情感的独特的语言。这语言乃是他从多读书、善融化得来的鲜明、生动、有力甚至有音乐性的语言。

我认为我们近代的散文不是没有成绩的,特别是解放后,全国遍地的新人新事,影响鼓舞了许多作者。不但小说家、剧作家、诗人也在写散文,报刊上还有许多特写、通讯式的文章以崭新的面貌与气息出现在读者的面前。而且有风格的散文作者,也不算太少,我自己所最爱看的(以写作篇幅的长短为序),就有刘白羽、魏巍与郭风。

中国20世纪名家散文经典

霞

四十年代初期,我在重庆郊外歌乐山闲居的时候,曾看到英文《读者文摘》上,有个很使我惊心的句子,是:

May there be enough clouds in your life to make a beautiful sunset.

我在一篇短文里曾把它译成:"愿你的生命中有够多的云翳,来造成一个美丽的黄昏。"

其实,这个 sunset 应当译成"落照"或"落霞"。

霞,是我的老朋友了!我童年在海边、在山上,她是我的最熟悉最美丽的小伙伴。她每早每晚都在光明中和我说:"早上好"或"明天见"。但我直到几十年以后,才体会到云彩更多,霞光才愈美丽。从云翳中外露的霞光,才是璀璨多彩的。

生命中不是只有快乐,也不是只有痛苦,快乐和痛苦是相生相成,互相衬托的。

快乐是一抹微云,痛苦是压城的乌云,这不同的云彩,在你生命的天边重叠着,在"夕阳无限好"的时候,就给你造成一个美丽的黄昏。

一个生命会到了"只是近黄昏"的时节,落霞也许会使人留恋、惆怅。但人类的生命是永不止息的。地球不停地绕着太阳自转。东方不亮西方亮,我窗前的晚霞,正向美国东岸的慰冰湖上走去……

一九八五年四月二十六日清晨

中国 20 世纪名家散文经典

说梦

我从一九八〇年秋天得病后,不良于行,已有六年之久不参加社会活动了,但我几乎每夜都作着极其欢快而绚丽的梦。我会见了已故或久别的亲朋,我漫游了五洲四海的奇境。白天,我的躯壳困居在小楼里,枯坐在书案前;夜晚中,我的梦魂却飘飘然到处遨游,补偿了我白天的寂寞。

这些好梦要归功于我每天收到的、相识或不相识的海内外朋友的来信和赠书,以及种种的中外日报月刊。这些书信和刊物,内容纷纭繁杂,包罗万象,于是我脑海中这千百朵飞溅的浪花,在夜里就交织重叠地呈现出神妙而奇丽的画面!

我梦见我的父母亲和我谈话,这背景不是童年久住的北京中剪子巷,而似乎是在泰山顶上的南天门。母亲仍旧微笑着,父亲拍我的肩头,指点我看半山茫茫的云海和潺潺的飞泉。

我梦见在美国的母校慰冰湖上,轻轻地一篙点开,小船就荡出好远,却听见背后湖岸上有美国同学呼唤:"中国有信来了,快回来看吧!"

我梦见在日本东京一排高楼中间,凹进一处的、静雅的"福田家"小餐馆里,在洁无纤尘的地席上与日本朋友们围坐在一张矮几边,一边饮着清淡的白酒,一边吃着我特别欣赏的辛辣的生鱼片。

我梦见我独自站在法国巴黎罗浮宫的台阶上,眼前圆圆

大花坛里分片栽着的红、紫、黄、白的郁金香,四色交辉,流光溢彩!从那里我又走到香榭丽舍大街的咖啡座上,静静地看着过往的穿着淡青色和浅黄色春装的俏雅女郎。

我梦见我从意大利罗马的博物院里出来,走到转弯抹角都是流泉的石板路上,又进到一座壮丽的大教堂里,肃立在人群后面,静听坚实清脆的圣诗歌咏队的童音。

我梦见在高空的飞机窗内,下望茫茫无边的淡黄的沙漠,中间横穿过一条滚滚滔滔的尼罗河。从两岸长长的青翠的柳树荫中,露出了古国埃及伟大建筑的顶尖。

我梦见……这些梦里都有我喜爱的风景和我眷恋的人物,醒来也总是"晓枕心气清,奇泪忽盈把"。梦中当然欢乐,醒后却又有些辛酸。但我的灵魂寻到了一个高旷无际的自由世界,这是我的躯壳所寻不到的。我愿以我的"奇泪"和一缕情思,奉献给我海外的梦中人物!

中国20世纪名家散文经典

我的三个弟弟

我和我的弟弟们一向以弟兄相称。他们叫我"伊哥"(伊是福州方言"阿"的意思)。这小名是我的父母亲给我起的,因此我的大弟弟为涵小名就叫细哥("细"是福州方言"小"的意思),我的二弟为杰小名就叫细弟,到了三弟为楫出生,他的小名就只好叫"小小"了!

说来话长!我一生下来,我的姑母就拿我的生辰八字,去请人算命,算命先生说:"这一定是个男命,因为孩子命里带着'文曲星',是会作文官的。"算命纸上还写着有"富贵逼人无地处,长安道上马如飞"。这张算命纸本来由我收着,几经离乱,早就找不到了。算命先生还说我命里"五行"缺"火",于是我的二伯父就替我取了"婉莹"的大名,"婉"是我们家姐妹的排行,"莹"字上面有两个"火"字,以补我命中之缺。但祖父总叫我"莹官",和我的堂兄们霖官、仪官等一样,当作男孩叫的。而且我从小就是男装,一直到一九一一年,我从烟台回到福州时,才改女装。伯叔父母们叫我四妹,但"莹官"和"伊哥"的称呼,在我祖父和在我们的小家庭中,一直没改。

我的三个弟弟都是在烟台出生的,"官"字都免了,只保留福州方言,如"细哥""细弟"等等。

我的三个弟弟中,大弟为涵是最聪明的一个,十二岁就考上"唐山路矿学校"的预科(我在《离家的一年》这篇小说中就说的是这件事)。以后学校迁到北京,改称"北京交通大学"。

中国 20 世纪名家散文经典

他在学校里结交了一些爱好音乐的朋友,他自己课余又跟一位意大利音乐家学小提琴。我记得那时他从东交民巷老师家回来,就在屋里练琴,星期天他就能继续弹奏六七个小时。他的朋友们来了,我们的西厢房里就弦歌不断。他们不但拉提琴,也弹月琴,引得二弟和三弟也学会了一些中国乐器,三弟嗓子很好,就带头唱歌(他在育英小学,就被选入学校的歌咏队),至今我中午休息在枕上听收音机的时候,我还是喜欢听那高亢或雄浑的男歌音!

涵弟的音乐爱好,并没有干扰他的学习,他尤其喜欢外语。一九二三年秋,我在美国沙穰疗养院的时候,就常得到他用英文写的长信。病友们都奇怪说:"你们中国人为什么要用英文写信?"我笑说:"是他要练习外文并要我改正的缘故。"其实他的英文在书写上比我流利得多。

一九二六年我回国来,第二年他就到美国的宾夕法尼亚大学,去学"公路",回国后一直在交通部门工作。他的爱人杨建华,是我舅父杨子敬先生的女儿。他们的婚姻是我的舅舅亲口向我母亲提的,说是:"姑作婆,赛活佛。"照现在的说法,近亲结婚,生的孩子一定痴呆,可是他们生了五个女儿,却是一个赛似一个的聪明伶俐。(涵弟是长子,所以从我们都离家后,他就一直和我父亲住在一起。)至今我还藏着她们五姐妹环绕着父亲的一张相片。她们的名字都取的是花名,因为在华妹怀着第一个孩子时,我父亲作了一个梦,梦见一个老人递给他一张条子,上面写着"文郎俯看菊陶仙",因此我的大侄女就叫宗菊。"宗"字本来是我们大家庭里男孩子的排行,但我父亲说男女应该一样。后来我的一个堂弟得了一个儿子,就把"陶"字要走了,我的第二个侄女,只好叫宗仙。以后接着又来了宗莲和宗菱,也都是父亲给起的名字。当华妹又怀了第五胎的时候,她们四个姐妹聚在一起祷告,希望妈妈不要生个男儿,怕有了弟弟,就不疼她们了。宗梅生后,华妹倒是有点失望,父亲却特为宗梅办了一桌满月酒席,这是她姐姐们所没有的,表示他特别高兴。因此她们总是高兴地说:"爷爷特别喜欢女孩子,我们也要特别争气才行!"

一九三七年,我和文藻刚从欧洲回来,"七七"事变就发生了。我们在燕京大学又呆了一年,就到后方云南去了。我们走的那一天,父亲在母亲遗像前烧了一炷香,保佑我们一路平安。那时杰弟在南京,楫弟在香港,只有涵弟一人到车站送我们,他仍旧是泪汪汪地,一语不发,和当年我赴美留学时一样,他没有和杰、楫一道到车站送我,只在家里窗内泪汪汪地看着我走。我永远也忘不了那一对伤离惜别的悲痛的眼睛!

我们离开北京时,倒是把文藻的母亲带到上海,让她和文藻的妹妹一家住在一起。那时我们对云南生活知道的不多,更不敢也不能拖着父亲和涵弟一家人去到后方,当时也没想到抗战会抗得那么长,谁知道匆匆一别遂成永诀呢?!

一九四〇年,我在云南的呈贡山上,得到涵弟报告父亲逝世的一封信,我打开信还没有看完,一口血就涌上来了!

……大人近二年来,瘦了许多,这是我感到伤心而不敢说的……谁也想不到他走的那样快……大人说:"伊哥住址是呈贡三台山,你能记得吗?"我含泪点首……晨十时德国医陈义大夫又来打针,大人喘仍不止,稍止后即告我:"将我的病况,用快函寄上海再转香港和呈贡,他们三人都不知道我病重了……"这时大人面色苍白,汗流如雨,又说:"我要找你妈去!"……大人表示要上床睡,我知道是那两针吗啡之力,一时房中安静,窗外一滴一滴的雨声,似乎在催着正在与生命挣扎的老父,不料到了早晨八时四十五分,就停了气息……我的血也冷了,不知是梦境?是幻境?最后责任心压倒了一切,死的死了,活的人还得活着干……

他的第二封信,就附来一张父亲灵堂的相片,以及他请人代拟的文藻吊我父亲的挽联:

分为半子,情等家人,远道那堪闻噩耗
本是生离,竟成死别,深闺何以慰哀思

信里还说:"听说你身体也不好,时常吐血,我非常不安……弟近来亦常发热出汗,疲弱不堪,但不敢多请假,因请假多了,公司将取销食粮配给……华妹一定要为我订牛奶,劝我吃鸡蛋,但是耗费太大,不得不将我的提琴托人出售,因为家里已没有可卖之物……一切均亏得华妹操心,这个家真亏她维持下去……孩子们都好,都知吃苦,也都肯用功读书,堪以告慰,但愿有一天苦尽甜来……"

这是涵弟给我的末一封信了。父亲是一九四〇年八月四日八时四十五分逝世的。涵弟在敌后的一个公司里又挨了四年,我也总找不到一个职业使他可以到后方来。他贫病交加,于一九四四年也逝世了!他最爱的也是最聪明的女儿宗莲,就改了名字和同学们逃到解放区去,其他的仍守着母亲,过着极其艰难的日子……

中国 20 世纪名家散文经典

我的这个最聪明最尽责、性情最沉默、感情最脆弱的弟弟,就这样在敌后劳苦抑郁地了此一生!

关于能把三个弟弟写在一起的事:就是他们从小喜欢上房玩。北京中剪子巷家里,紧挨着东厢房有一棵枣树,他们就从树上爬到房上,到了北房屋脊后面的一个旮旯里,藏了许多他们自制的玩意儿,如小铅船之类。房东祈老头儿来了,看见他们上房,就笑着嚷:"你们又上房了,将来修房的钱,就跟你们要!"

还有就是他们同一些同学,跟一位打拳的老师学武术,置办一些刀枪剑戟,一阵乱打,以及带着小狗骑车到北海泅水、划船,这些事我当然都没有参加。

其实我在《关于女人》那一本书里,虽然说的是我的三位弟妇,却已经把我的三个弟弟的性情、爱好等等都已经描写过了。不过《关于女人》是写在一九四三年,对于大弟只写了他恋爱、婚姻一段,对于二弟、三弟就写得多一些。

二弟为杰从小是和我在一床睡的。那时父亲带着大弟,母亲带着小弟,我就带着他。弟弟们比我们睡得早,在里床每人一个被窝桶,晚饭后不久,就钻进去睡了。为杰和一般的第二个孩子一样,总是很"乖"的。他在三个弟兄里,又是比较"笨"的。我记得在他上小学时,每天早起我一边梳头,一边听他背《孟子》,什么"泄泄犹沓沓也",我不知道这是《孟子》中的哪一章?哪一节?也许还是"注释",但他呜咽着反复背诵的这一句书,至今还在我耳边震响着。

他的功课总是不太好,到了开初中毕业式那天,照例是要穿一件新的蓝布大褂的,母亲还不敢先给他作,结果他还是毕业了。可是到了高中,他一下子就窜上来了,成了个高材生。一九二六年秋他考上了燕京大学,正巧我也回国在那里教课,因为他参加了许多课外活动,我们接触的机会很多。有一次男生们演话剧《咖啡店之一夜》,那时男女生还没有合演,为杰就担任了女服务员这一角色。他穿的是我的一套黑绸衣裙,头上扎个带褶的白纱巾,系上白围裙,台下同学们都笑说他像我。那年冬天男女同学在未名湖上化装溜冰,他仍是穿那一套衣裳,手里捧着纸作的杯盘,在冰上旋舞。

一九二九年我同文藻结婚后,我们有了家,他就常到家里吃饭,他很能吃,也不挑食。一九三〇年秋我怀上了吴平,害口,差不多有七个月吃不下东西。父亲从城里送来的新鲜的蔬菜水果,几乎都是他吃了。甚至在一九三一年二月我生吴平那一天,我从产房出来,看见他在病房等着我,房里桌上有一杯给产妇吃的冰淇淋,我实在太累了,吃不下,冲他一努嘴,他就捧

起杯来,脸朝着墙,一口气吃下了!

他在燕大念的是化学,他的学士和硕士的论文,都是跟天津碱厂的总工程师侯德榜博士写的。侯先生很赏识他,又介绍他到美国威斯康星大学读化学博士,毕业时还得了金钥匙奖。回国后就在永利制碱公司工作。解放后又跟侯先生到了化工部。一九五一年我们从日本回到北京,见面的时候就多了。

我是农历闰八月十日生的,他的生日是农历八月初十,因此每到每年的农历的八月十一日,他们就买一个大蛋糕来,我们两家人一起庆祝,我现在还存着我们两人一同切蛋糕的相片。

一九八五年九月文藻逝世后,他得到消息,一进门还没来得及说话,就伏在书桌上,大哭不止,我倒含着泪去劝他。他晚年身体不好,常犯气喘病,家里暖气不够热时,就往往在堂屋里生上火炉。一九八六年初,他病重进了医院,他的爱人李文玲还瞒着我,直到他一月十二日逝世几天以后,我才得到这不幸的消息。化工部他的同事们为他准备了一个纪念册,要我题字,我写:

"为杰逝世了,我在深深地自恸自怜之后,终于为有他这么一个对祖国的化工事业,作出应有的贡献的弟弟,我又感到无限的自慰与自豪。"

他的爱人李文玲是金陵女子大学音乐系毕业的,专修钢琴。他的儿子谢宗英和儿媳张薇都承继了他的事业,现在都在化工部的附属工程机关工作。

我的三弟谢为楫的一切,我在《关于女人》写我的三弟妇那一段已经把他描写过了:

"……他是我们弟兄中最神经质的一个,善怀,多感,急躁,好动,因为他最小,便养得很任性,很娇惯。虽然如此,他对于父母和兄姐的话总是听从的,对我更是无话不说……"

他很爱好文艺,也爱交些文艺界的年轻朋友。丁玲、胡也频、沈从文等,都是他介绍给我的,我记得那是一九二七年我的父亲在上海工作的时候。他还出过一本短篇小说集,名字我忘了,那时他也不过十七八岁。

他没有读大学就到英国利物浦的海上学校,当了航海学生,在五洲的海上飘荡了五年,居然还得了一张荣誉证书回来。从那时起他就在海关的缉

私船上工作。抗战时期，上海失守后，他到了香港，香港又失守了，他就到重庆，不久由港务司派他到美国进修了一年，回来后就在上海港务局工作。他的爱人刘纪华，是我的表兄刘放园先生的女儿，燕大的社会学系优秀的硕士研究生，那时也在上海的"善后救济总署"工作。他们是青梅竹马的恩爱夫妻，工作和生活都很愉快。他们有五个儿女。为楫说，为了纪念我，他们孩子的名字里都要带一个"心"字。长女宗慈，十一二岁就到东北上学，我记得是长春大学，学的是农业机械。他们的二女儿宗爱、三女儿宗恩，学的是音乐，是报考上海音乐学院附中的上千人中考上的五十人中之二。我听见了很高兴，给她们寄去八百元买了一架钢琴，作为奖励。他们的两个儿子宗惠和宗憝那时还小。

一九五七年，为楫响应"向党进言"的号召，写了几张大字报，被划成了右派，遣送到甘肃的武威劳动改造，从此丢弃了他的专业，如同失水的枯鱼一般，全家迁到了大西北。那时我的老伴吴文藻，和我的儿子吴平也都是右派分子，我的头上响起了晴天的霹雳，心中的天地也一下子旋转了起来！但我还是镇定地给为楫写一封封的长信，鼓励他好好改造，重新作人，求得重有报效祖国的机会，其实那几年我自己也不知道是怎么过的！只记得为楫夫妇都在武威一所中学教书，度过了相当艰苦的日子。孩子们在逆境中反而加倍奋发自强，宗恩和宗爱都在西安音乐学院毕了业。两个男孩子都学的是理工，在矿学事业自动化研究所里工作，这都是后话了！

劳瘁交加的纪华得了癌症，一九七六年去世了，为楫就到窑街和小儿子住了些日子，一九七八年又到四川的北碚，同大女儿住了些日子；一九七九年应兰州大学之聘，在兰大教授英语；一九八四年的一月十二日就因病在兰州逝世了！他的儿女们都没有告诉我们。我和为杰只奇怪楫弟为什么这样懒得动笔，每逢农历九月十九，我们还是寄些钱去（他比纪华大一岁，两人是同一天生日，往常我们总是祝他们"双寿"），让他的孩子们给他买块蛋糕。孩子们也总是回信说："爹爹吃了蛋糕，很喜欢，说是谢谢您们！"杰弟一直到死，还不知道"小小"已经比他先走了！

在写这一篇的时候，我流尽了最后的眼泪！王羲之在《兰亭序》里说"死生亦大矣，岂不痛哉。"我倒觉得"死"真是个"解脱"，"痛"的是后死的人！

我的三个弟弟：从小到大，我尽力地爱护了你们。最后也还是我用眼泪来给你们送别，我总算对得起你们了！

一九八七年七月八日风雨欲来的黄昏

中国20世纪名家散文经典

病榻呓语

忽然一觉醒来,窗外还是沉黑的,只有一盏高悬的路灯,在远处爆发着无数刺眼的光线!

我的飞扬的心灵,又落进了痛楚的躯壳。

我忽然想起老子的几句话:

吾有大患,及吾有身;及吾无身,吾有何患。

这时我感觉到了躯壳给人类的痛苦。而且人类也有精神上的痛苦:大之如国忧家难,生离死别……小之如伤春悲秋……

宇宙内的万物,都是无情的:日月经天,江河行地,春往秋来,花开花落,都是遵循着大自然的规律。只在世界上有了人——万物之灵的人,才会拿自己的感情,赋予在无情的万物身上!什么"感时花溅泪,恨别鸟惊心"这种句子,古今中外,不知有千千万万。总之,只因有了有思想、有情感的人,便有了悲欢离合,便有了"战争与和平",便有了"爱和死是永恒的主题"。

我羡慕那些没有人类的星球!

我清醒了。

中国20世纪名家散文经典

　　我从高烧中醒了过来,睁开眼看到了床边守护着我的亲人的宽慰欢喜的笑脸。侧过头来看见了床边桌上摆着许多瓶花:玫瑰、菊花、仙客来、马蹄莲……旁边还堆着许多慰问的信……我又落进了爱和花的世界——这世界上还是有人类才好!

　　　　　　　　　　一九八八年三月十五日清晨

小品二章

我梦中的小翠鸟

六月十五夜,在我两次醒来之后,大约是清晨五时半吧,我又睡着了,而且作了一个使我永不忘怀的梦。

我梦见:我仿佛是坐在一辆飞驰着的车里,这车不知道是火车?是大面包车?还是小轿车?但这部车的坐垫和四壁都是深红色的。我伸着左掌,掌上立着一只极其纤小的翠鸟。

这只小翠鸟的绿,绿得夺目,绿得醉人!它在我掌上清脆吟唱着极其动听的调子。那高亢的歌声和它纤小的身躯毫不相衬。

我在梦中自己也知道这是个梦。我对自己说,醒后我一定把这个神奇的梦,和这个永远铭刻在我心中的小翠鸟写下来……这时窗外啼鸟的声音,把我从双重的梦中唤醒了,而我的眼中还闪烁着那不可逼视翠绿的光,耳边还缭绕着那动人的吟唱。

作梦总有个来由吧?是什么时候,什么回忆,什么所想,使我作了这么一个翠绿的梦?我想不出来了。

一九九〇年六月十六日响晴之晨

中国20世纪名家散文经典

话说君子兰

女作家李玲修在好多年前,送给我的一盆君子兰,我把它供在书桌前的窗台上。那浓绿色的、剑形的、肥厚的叶子,武士般地相对列。每年两次当剑叶中间忽然露出一点桔黄色时,家里的大人和小孩都高兴地奔走相告:君子兰又要开花了!

这实在是个喜讯。几十朵桔黄色的、五瓣聚成的筒形的花,向上开放。它们像高雅的君子般相拱而立。当花的大茎,愈长愈长,这几十朵君子兰便愈站愈高,静雅地立在那里,经月不谢!

我为此重新翻看了《论语》,因为至圣先师孔子,对于"君子"的定义,有几十条。但是我读来读去,觉得"君子讷于言而敏于行",这句话就说的是君子兰!

我以为"言"就是花的香气,"行"就是花的形象和花期的久暂。君子兰花香很淡,而花色极浓,几十朵相拱而立,能够"立"到几十天!它们群立在你的面前给你力量,给你鼓舞。因此我虽然也喜爱玫瑰的浓香和桂花的幽香,但在数日之内,便瓣落香消,使人惆怅,而使我敬佩的还是君子兰!

一九九〇年七月十二日多云之晨